U0055778

獅子的點心

ライオンのおやつ

小川糸

Ito Ogawa

獅子的點心

海野雫小姐：

前略。冒昧打擾，敬請見諒。

聽聞妳日前曾特地致電本園，萬分感謝。

那天我剛好外出不在，真是甚感抱歉。

不知近來貴體是否安康？

我已經知悉妳將會於十二月二十五日（就是聖誕節的當天）抵達一事。

本園將為妳準備基本生活必需品（寢具、杯子和牙刷等），但包括內衣褲等換洗衣服，原則上請自行攜帶平時穿習慣的衣物。當然也可在入住後視需要購買，但本園地處偏僻的鄉下地方，恐怕無法即刻讓妳買到中意的衣物，祈請海涵。

前來本園時，誠心推薦妳搭船。

雖然現在也可以搭車前來，但搭船時沿途的風景絕對可大飽眼福。

請盡情享受瀨戶內海謐靜的風景。

本園全體工作人員會盡力協助妳度過接下來的人生，並成為妳無可取代的美好日子。

路上請小心！

很快就可以見到妳了，衷心期待即將到來的這一天。

獅子家園負責人　瑪丹娜

從船艙的窗戶仰望天空，看到飛機在藍天中拉出一條白色的線。

我已經無法再這樣搭機出門去旅行了。這麼一想，就不由得羨慕那些無憂無慮地搭上飛機，享受愉快旅程的人。

深刻瞭解到，能夠理所當然地深信明天會到來，其實是一件無比幸福的事，而完全不瞭解這一點的人是多麼幸運。

所謂幸福，也許就是完全沒有發現自己身處幸福之中，雖然有一些不滿和抱怨，但每天還是可以過著平凡的日子。

潔白的信紙上，寫滿了有點圓潤的溫暖文字。我內心的感情宛如極光般不斷變化出不同的顏色，遲遲無法平靜，信中的文字就像脫脂棉般吸收了這些感情。為了避免內心深處的猙獰甦醒，我必須隨時隨地小心翼翼，餵以美味的食糧。

我把臉湊近信紙，嗅吸著文字的氣味，如此一來，瑪丹娜的文字就會進入我的身體。

如今，她是我唯一的依靠。我從來沒有見過她，這麼說或許有點奇怪，但我感覺自己已經依靠著瑪丹娜的肩膀走路。

我把不知道已經看了多少次的信，小心翼翼地重新折好，放回信封。

有人在等我。只要有人在等我，我覺得自己就有辦法克服人生最嚴峻，也是最後的難關。

正如瑪丹娜在信中所說，我有生以來第一次看到的瀨戶內海真的風平浪靜，和我之前曾經看過的所有大海都完全不一樣，平靜而溫柔。

雖然路程所花的時間比較長，但搭船前往確實是正確的決定。

當主治醫生告訴我人生所剩下的時間時，我腦袋昏昏沉沉，感覺好像事不關己，無法完全理解。當時覺得有點像是某種感受，實際搭船之後才發現，原來就跟暈船一樣。之後，一直覺得腳下的世界在慢慢搖晃。

我每次看到來自英文「stage」的外來語，就會想起幼稚園的學習成果發表會時表演的小舞台。雖然我每次都是演樹木、花，或是路人甲之類的角色，但我所知道的小舞台，地上有許多傷痕，有些地方還貼了膠帶。

那個小舞台散發著溫暖，只要站在那裡，就會覺得自己稍微長大了一些，有一種自豪的感覺。

我最喜歡的人就在舞台對面的昏暗中，每次眼神交會，都會向我揮手。

我喜歡站在舞台上。

也因此，「stage」這個單字，至今仍然在我的內心微微發亮。我知道有人會笑我未免太傻太天真，但我希望把「stage」留在我回憶的地方，即使已經是Stage IV—第四期，即使已經走到了階梯的盡頭。

之所以突然想起爸爸，是有原因的……

浮在海面上的島嶼看起來像飯糰的形狀。爸爸為我做的飯糰永遠都是三角形，而且不愧出自一絲不苟的爸爸之手，全都是徹底的等邊三角形，所以每次吃的時候都覺得破壞這麼完美的形狀有點可惜。

最後一次見到爸爸應該已經是五年前的事。那次是爸爸出差來到我公司附近，他說：「**父女兩人偶爾一起吃頓飯吧！**」於是，我們就去了公司附近的壽司店。

我完全不記得當時聊了什麼，應該只是稀鬆平常的閒聊。我很想請爸爸吃一餐，但最後還是爸爸付了錢。我和爸爸在當天就道別了。

雖然我叫他爸爸，但其實戶籍上他是我的舅舅，只是幾乎沒有人知道這件事。平時就連我和爸爸這兩個當事人應該也忘記了，因為這種事對我們來說根本無足輕重。

我和爸爸睽違數年見面後不久，我發現自己生病了，而且已經是病入膏肓的階段。雖然我曾經努力，曾經反抗，但最終還是無法戰勝強大的病魔。

如今，我坐在船上。我沒有通知爸爸，還把原本住的公寓退租了，並將在獅子家園渡過人生最後的日子。

如果爸爸知道了，一定會驚慌失措。但我不想讓這種事破壞爸爸平靜的生活，而且無論爸爸知不知道，都已無法改變事實。

船上突然熱鬧起來，可能快到島上了。剛才還在遠方的島嶼，不知不覺中出現在眼前。

船的速度並不慢，即使乍看之下覺得很緩慢，但時時刻刻都在向目的地前進，就像我的病魔一樣。

船抵達了一座好像平緩山丘般的島嶼，整座島嶼看起像是蓬鬆的蛋白霜做成的。當地人稱這座島為檸檬島，據說以前這座島上種植了許多國產檸檬。

我把瑪丹娜的信收進皮包後，搖搖晃晃地站了起來，穿上大衣。我原本還有更喜歡的大衣，但最後挑選了這件穿上最輕、不會對身體造成負擔的大衣。其他大衣都和皮包、鞋子一起，送去給附近的二手服飾店。

十二月已經接近尾聲，但天氣並沒有很冷，瀨戶內的冬天果然也很溫暖。

我仰望天空，天空一片蔚藍，彷彿貼了水藍色的色紙，大海也反射著相同的顏色，閃著藍色的光。剛才還可以看到的飛機雲，已經消失不見了。

船放慢了速度，緩緩靠近棧橋，然後停了下來。工作人員身輕如燕地從船上跳到岸邊，把纜繩繞在繫纜樁上固定船隻。動作靈活的工作人員頭上，戴了一頂聖誕帽。

乘客爭先恐後地下了船，我慢慢收拾行李後，走進通道上。船隻仍然緩緩地持續搖晃，在我準備上岸時，戴著聖誕帽的工作人員很自然地牽著我的手，協助我上了岸。

我現在還能夠用自己的雙腳走路，這件事讓我鬆了一口氣。

瑪丹娜在碼頭邊等我。

雖然她的胸前並沒有掛著寫了「**瑪丹娜**」的名牌，但我一眼就認出她，知道她絕對就是瑪丹娜。因為她稱是瑪丹娜，所以我原本以為她會更年輕，但她綁成兩根麻花辮的頭髮有七成是白髮，而且就像神社用來避邪的注連繩那麼粗。

由於她不停地鞠躬，以至於我無法看清楚她的臉，不過她穿了一身正統的女僕裝。**她在玩角色扮演？還是因為是聖誕節的關係？**我感到很不可思議，但她叫瑪丹娜這件事本身就很不可思議。

鑲了荷葉邊的潔白圍裙上完全沒有任何污漬，她的全身都用黑白雙色統一，只有鞋子例外。瑪丹娜穿了一雙鮮紅色的漆皮瑪莉珍鞋，沒想到她穿起來很好看。

戴聖誕帽的工作人員，把我的行李箱提到了岸上，我拖著小行李箱，緩緩地走向瑪丹娜。

「很高興認識妳，以後請多關照。」

我向她鞠了一躬。

「歡迎妳千里迢迢來到獅子家園。」

瑪丹娜回了一個比我更深的鞠躬，她左右兩條辮子幾乎快碰到地上。我想起小時候，爸爸在睡覺前唸給我聽的童話故事，長髮公主。

「聖誕快樂。」

瑪丹娜對我說道，她說這句話的聲音有點靦腆。

我也覺得當面對別人說「**聖誕快樂**」有點害羞，這讓我覺得和眼前的瑪丹娜有了共鳴，所以感到很安心。

抬頭一看，我發現她露出溫柔的微笑，眼睛彎成了月牙的形狀。

「請跟我來。」

瑪丹娜帶我來到一輛外形奇特的腳踏車前，腳踏車的構造看起來像三輪車，但前面有一個巨大的車籃。

「請妳坐在這裡，我會安全行車。」

她似乎打算踩著這輛腳踏車帶我回獅子家園。

我的小行李箱放在她旁邊的空位，而我的大行李箱已經請宅配業者先送去到獅子家園，所以隨身行李並不多。

我坐進了車籃，在繫好安全帶之後，瑪丹娜才出發。

「妳覺得坐起來舒服嗎？」

騎了一會兒之後，她問我。

「太舒服了。」

因為坐起來實在太舒服了，我甚至忘記要和瑪丹娜聊天，很想就這樣融化在風中。

我決定拿下從出門後一直戴著的口罩，感受著久違的、擺脫了所有束縛的感覺。新鮮的空氣好像雪崩般流入肺部深處，光是呼吸這些新鮮空氣，來檸檬島就值得了。

我感覺到清新的空氣，正用力洗滌我的肺部內側。

「那真是太好了。這是向德國訂購的最新型載人腳踏車，妳是第一位乘客喔！」

瑪丹娜說道。我忍不住回頭看著她。

她對我的驚訝絲毫不以為意，挺直了身體，輕鬆地踩著踏板。她的手上不知道什麼時候已經戴上了白色蕾絲手套，我覺得自己好像坐在有專屬司機的高級黑頭車上。

「妳不會累嗎？」

我忍不住擔心地問。

「目前沒有問題，可以消除我平時的運動不足。而且這輛車是電動式，速度還可以更快。」

瑪丹娜淡然地回答。她的聲音隨時都很平靜，說話的方式就像比目魚貼在海底深處順暢滑過的感覺，似乎洞悉了一切，無論遇到任何狀況都不為所動。說話時沒有抑揚起伏，表情也沒有任何變化。

同時，她也告訴我很多必要的事。

「這個鳥居*後面有一座很古老的神社。」

「這裡是一家很在地化的超市。」

「過了那座橋，就可以從陸路前往本州*。」

「這是島上唯一的咖啡店。」

「郵局和自動提款機在那個街角。」

「這個公園是流浪貓聚集的地方。」

瑪丹娜的說明沒有任何贅字，卻提供了完整的必要知識。

我把下巴放在豎起的膝蓋上，怔怔地眺望著島上的風景。眼前的風景和我昨天以前所看到的人工景色完全不同，內心還無法順利聚焦，覺得自己誤闖了栩栩如生的電影佈景。即使如此，我仍然知道檸檬島是一個魅力十足、空氣新鮮的好地方。

---

*注：鳥居，日本神社建築之一，是連接神明居住的神域與人類居住的俗世之通道，屬「結界」的一種。

*注：本州，日本最大島，也是日本本土四島之一，位於日本列島中部，從古至今都是日本的中樞地帶，無論是政治、經濟或文化發展等，均以本州為主要舞台。

這座島嶼真的是所謂「八方美人」，無論從哪個角度如何看，都美得無懈可擊，而且放眼望去，到處都可以看見海，這件事也放鬆了我的心情。

經常有人說：「**尋找一個安息的地方。**」這裡將成為我安息的島嶼，也許還不錯。比起孤獨地躺在天花板很低、毫無情趣的房間內，渾身發冷地等死，這樣的選擇理想多了。當主治醫生告訴我生命所剩的時間時，我立刻希望可以在一個溫暖的地方，每天看著大海渡過餘日不多的人生。

不知道是否因為生病的關係，我隨時都覺得冷。我和照護專員討論了這件事，專員挑選了幾家機構，經過深思熟慮，最後向我推薦獅子家園。我希望在活著的時候，就擺脫冷得身體凍僵這件事。

「到了。」

我猛然抬起頭，看到瑪丹娜瞇眼看著大海。

我走出車籃，在大海前深呼吸。

空氣好美味……

這裡的空氣太美味了，我就像在吃飯時忍不住再添一碗般，深呼吸了兩、三次，然後終於心滿意足，有了吃飽的感覺。

我已經多久沒有像是狼吞虎嚥成熟的水果般渴望空氣了？

在此之前，把空氣吸入體內這件事都讓我感到害怕。如果不小心吸入可怕的病毒，缺乏抵抗力的身體立刻會被擊垮，所以我向來不敢深呼吸。

但是，在檸檬島可以放心地呼吸空氣，這座島上的空氣隨時在流動，總覺得這裡的空氣中沒有我擔心的可怕病毒。

今天是聖誕夜，獅子家園的門口前，有一棵華麗的聖誕樹。

◎◎◎

走進獅子家園後，瑪丹娜立刻帶我去了房間。

原本以為安寧療護院不是像醫院，就是像民宿的感覺，沒想到我完全猜錯了。這裡是一個可以讓人保持優雅心情的空間，簡直就像踏進了隱居的飯店。這裡並不缺乏人情味，但也沒有太多的生活感，有一種隨時被燦爛的微笑守護的感覺。

雖然我沒有實際體驗過，但在蠶繭中，可能就像這樣被溫柔的光線包圍。

「感覺很像產後護理之家。」

我跟在瑪丹娜身後，情不自禁地這麼說。

我雖然沒有生過孩子，但曾經在朋友生完孩子後，去產後護理之家探望她的孩子。

「從某種意義上來說，出生和死亡是一體兩面的關係。」瑪丹娜停下腳步說道，「唯一的不同，就是門朝向哪一個方向打開而已。」

「門？」

我不太瞭解她想要表達的意思。在我眼中，生和死是位在兩個不同的極端，感覺就像是兩個身穿盔甲的騎士一對一廝殺。

瑪丹娜可能察覺了我內心的想法，試著用通俗易懂的方式向我解釋。

「對，從這裡看是出口，但從那裡看就是入口。我想無論生還是死，從宏觀的角度來看，其實是同一件事，因為我們只是不停地改變外形進入輪迴。在輪迴的世界，基本上既沒有開始，也沒有結束。」

瑪丹娜說完，再度靜靜地邁開步伐。

沿著筆直的走廊往前走，迎面走來兩位老婦人，兩個人手上都抱著裝了蔬菜的大籃子，蔬菜上還沾了泥土，有著濃濃的大地氣息。

「這兩位是狩野姊妹。」

瑪丹娜向我介紹。

「我姓海野，從今天開始入住，請多指教。」

我恭敬地鞠了一躬。

「妳不笑嗎？」

狩野姊妹的其中一人，一本正經地問我。

「啊？」

我納悶地看著她。

「因為只和妳相差一個字，我們兩個這麼老，奶子也都扁掉了。」

另一個姊妹插嘴說。她們胸前的名牌的確寫著「**狩野**」的姓氏。

「但是，我們是鼻祖啊！」

丸子頭的老婦人說。

「零小姐這麼年輕，一定不知道。」

瑪丹娜補充道。兩位老婦人立刻垂頭喪氣地閉了嘴。

她們會同情我這麼年輕就住進安寧療護院嗎？她們臉上露出了好像不小

心吃到了什麼苦味般的難過表情。

以前和疾病奮鬥時，每次遇到這種反應，我就會很煩躁，很想在內心大喊：**不要用那種把我也當成是幽靈或是瘟神的眼神看我。**

但現在已經沒有這種力氣，我太累了，無法再把精力耗費在生氣、哭泣、空歡喜這種事情上。我可以切身體會到，每次感情爆炸，我的生命就在縮短，所以我也停止了抵抗。

停止抵抗，隨波逐流，最後來到這座小島。

說句心裡話，我只是希望在這座島上看著大海，好好休息。我想擺脫渾身插滿管子的生活，只想好好睡覺，所以選擇了獅子家園。在多家候補的安寧療護院中，只有這裡每天都可以看到大海。

至於為什麼選擇大海，而不是山上、河流或是森林？其實我自己也不太清楚，只覺得大海似乎比較近……離天堂比較近。

但是，這也許是最理想的選擇。我的心從前一刻開始，就如同瀨戶內海般，四周都被牢固的東西守護著。

「她們在獅子家園負責炊事，姊姊縞婆婆掌握三餐的主導權，妹妹舞婆婆掌握了點心的主導權。她們的名字很好記，姊姊的縞（shi-ma）的第一個音，和妹妹舞（ma-i）的發音合起來，剛好是姊妹（shi-mai）這個字。」

向狩野姊妹道別後，瑪丹娜對我補充說。

現在是不是該笑一下？我這麼想著，但瑪丹娜只是淡淡地陳述這件事，所以我也就輕鬆地聽聽而已。

「除此以外，還有醫生等總共十幾名工作人員，共同維持獅子家園的營運。」

瑪丹娜再度邁開步伐時說道。

雖然這裡是安寧療護院，但並不是完全沒有醫療行為，只是醫療目標不再是之前那樣積極的治病延命，而是在疼痛和痛苦時，盡最大的努力緩和病人的痛苦。

當初聽了照護專員的這番話，我才下定決心進入安寧療護院。人生走到盡頭，我已經受夠了疼痛、痛苦，還有反胃、發冷，頭髮和睫毛都掉光光這種事。

「這裡是點心室。」

瑪丹娜推開一道很大的木門，讓我看了裡面的情況。點心室內有一個壁爐，壁爐內的火燒得很旺，焚燒落葉的氣味滲入大腦。

「點心室？」

因為之前很少聽過這種說法，所以我好奇地問瑪丹娜。

「傳統的說法就是飲茶室，如果要說得新潮一點，就是飲茶坊。」

瑪丹娜仍然用沒有抑揚起伏的聲音繼續說道。

「每週日下午三點，會在這裡舉辦茶會。上週日，大家一起吃了地瓜羊羹。入住的客人可以點一道充滿回憶、還想再吃一次的點心，每次可以實現一位客人的心願，忠實地重現客人回憶中的點心。客人只要具體地寫下回憶裡的點心是怎樣的味道、怎樣的形狀，以及當初是在怎樣的情況下吃到那樣的點心，甚至還有人會附上自己畫的圖。」

點心，這兩個字有一種獨特的馥郁和溫暖。

「每週日不是只能選一種點心嗎？要怎麼決定是哪一種點心呢？」

如果是根據入住者所剩的時間長短來決定，那就太感傷了。我在發問時這麼想。

「用抽籤的方式，我每次都用公平的抽籤來決定。寫下自己想吃的點心後，把紙投進那裡的箱子。可以寫在指定的紙上，也可以寫在自己帶來的信紙之類的紙上，什麼樣的紙都可以。至於是哪一位的點心雀屏中選，要等到茶會當天才會揭曉。」

瑪丹娜語氣堅定地說。

聽她的語氣，似乎容不得半點虛假。只不過採用這種方法時，可能有人提出了自己想吃的點心，但直到最後都沒有吃到。這麼一想，就有點感傷。

話說回來，這也許就是人生的寫照。因為在這個世界上，並不是所有的一切都平等。

瑪丹娜關上點心室的門。

「妳想一個人吃飯時，就在自己房間吃；想和大家一起吃飯時，可以去食堂，根據自己的心情自由決定即可。三餐基本上有固定的時間，如果無法配合時，我們也會隨機應變。」

瑪丹娜繼續向我說明。

「對了，妳有沒有帶自己的筷子？」

「有。」

瑪丹娜聽了我的回答，瞇起了眼睛，似乎鬆了一口氣，她的一雙細細的眼睛瞇得比月牙更細了。

「有沒有什麼規定？」

我問了一直很關心的問題。

「什麼規定？」

瑪丹娜反過來問我。

「像是早上幾點要起床，晚上幾點要關燈，幾點到幾點可以看電視，不可以用手機，還有面會的時間之類的……」

我回答的有些語無倫次，雖然知道最後一個舉的例子和自己無關，但還是這麼問道。

來這裡之前，我已經終結了所有的人際關係。我聯絡了每一個人，說明了自己目前的情況，和想見的人見了面，並向他們道別，告訴他們我拒絕他們來探視，所以不會有人來這裡看我。

在人生的最後一段時光，我不想再顧慮別人，只想自己一個人靜靜走完最後一段路。而且我內心還有一絲矜持，不希望任何人看到我一天比一天枯槁虛弱，漸漸不成人形的樣子。

瑪丹娜停下腳步，把一雙細細的眼睛瞇得更細，凝視著我的眼睛。

「獅子家園不是醫院，所以完全沒有這方面的規定。但我們會請客人做洗衣服或是打掃房間這種力所能及的事，任何自己無法做到的部分，我們都會加以協助，不必勉強做自己無法做到的事情。除此以外，所有的一切都很自由。如果說有什麼規定……這就是唯一的規定。」

她明確地這麼說道。

瑪丹娜說的這番話，就是在告訴我，不需要再努力了。

對自己不喜歡的事，即使明確加以拒絕，也不會受到指責。

我原本以為大家要一起吃飯，一起折紙，一起唱歌；老實說，我不想參加這些活動。但這只是我想太多了，也許我把安寧療護院想成了老人安養院。

聽到瑪丹娜說：**這裡沒有任何規定，如果說有什麼規定，自由自在過日子就是唯一的規定**。我感到安心不已。既然這樣，在這裡的生活應該不會有問題，如果我不想和任何人說話，也不會有人說三道四。

我不想來這裡之後，還要繼續扮演「**乖孩子**」。

「這裡就是妳的房間。」

我靜靜地跟在瑪丹娜身後，她突然停下腳步，打開了一道門。

哇——！我忍不住做出了像小學生一樣的反應。

檸檬園的後方是一望無際的大海，晴空下，許許多多顆粒飽滿的檸檬果實如同蠟燭的燈光般閃閃發亮。

「我可以一個人住這麼出色的房間嗎？」

之前每次住院，我都是住大病房，隨時都得繃緊神經，就連睡覺的時候，想像自己的鼾聲會妨礙別人的睡眠，內心就很不安，遲遲無法入睡；所以得知從今天開始，我可以住單人房，就覺得感激不已。

但我很快想到了現實的問題，如果事後要追加特別費用就有點傷腦筋了，那時候我已經不在人世，可能會把請款單寄給爸爸吧。

「不用擔心，妳可以自由使用這個房間，妳的行李箱晚一點會送過來。離星期天的點心時間還有充足的時間，在此之前，妳想做什麼都沒問題，想出去的話，也隨時可以出去。如果有什麼問題，只要馬上通知我們，我們就會立刻來協助妳。另外，可以在這塊牌子上寫下妳的名字，貼在房間門口嗎？妳可以寫自己的本名，也可以寫暱稱。其實就是寫上希望別人叫妳的名字，所以我在這裡叫瑪丹娜。」

瑪丹娜用手掌輕輕摸著我的後背，小聲地對我說道。

她看透了我內心的不安嗎？

「玻璃盒內有為妳準備的蘇，這是為了迎接妳而準備的，希望妳可以在獅子家園盡情體會人生的醍醐味。」

瑪丹娜站在房門口，用格外有精神的聲音對我說完，深深鞠了一躬，然後就像一陣煙般從我面前消失了。

我進房間的第一件事，就是倒在大床上。

即使閉上眼睛，陽光仍然隔著眼瞼照進來。陽光的活力充沛，以森巴的節奏翩翩起舞。

「好舒服。」

一旦說出口，舒服的感覺進一步發酵。

就算張開雙手，仍然摸不到床兩側的邊緣，顯然比我獨居的住屋處使用的單人床大多了。羽毛被很蓬鬆，床本身很有彈性，感覺整個身體都被吸了進去。雪白色的床單和枕頭套都很舒服，應該含有麻的成分，所以摸起來很乾爽。

「好舒服。」

我再次出聲說道。很想躺進被子裡睡一覺，我已經很久沒有體會過這種無拘無束的感覺了。

突然想起了之前交往的男友。我曾經和他一起出門旅行過一次，那次是去峇里島，因為我們都請了年假去玩，所以行程非常緊湊。當時住的渡假飯店就是像這樣的感覺，沒有華麗的裝飾，只有真正高質感的物品出現在應該出現的地方。

雖然曾經和這個男友一起出國旅行，但我們最後還是分手了。

當我發現自己生病後，他小心謹慎地半步半步移動，漸漸和我保持了距離，當我回過神時，發現彼此的關係已經疏遠，根本看不到他的身影。事到如今，我也覺得這是正確的決定。最好的證明，就是不久之前，從別人口中得知他已經結婚的消息時，我內心也沒有絲毫的起伏，而是發自內心恭喜他，希望他幸福，沒有一點嘲諷的意思。

但想到他是我人生中最後的戀人，不免心有不甘。雖然我瞭解戀愛的滋味，只是我的人生中既不曾有過刻苦銘心的戀愛，也沒有經歷過轟轟烈烈的失戀，那方面也十分乏善可陳。

咚、咚，輕微的敲門聲響起——

「之前寄來的行李，我幫妳放這裡囉！」

一個年輕的男性工作人員說道。

我可能在不知不覺中睡著了。睜開眼睛，窗外的大海仍然閃爍著燦爛的笑容，檸檬樹葉也像漣漪閃耀，空氣中帶了一絲柑橘系的香氣。

我在獨住的公寓房間內挑選人生最後的行李時，忍不住陷入了感傷，淚水撲簌簌地流個不停。

那不過是幾天前的事。

雖然我腦海中一直在思考哪些東西該帶？哪些東西該丟棄？但真正必須做出決定時，各種想法都探出腦袋，直到最後一刻才終於做出決定。

我下了床，去拿行李箱。

一打開行李箱，似乎聞到了當時流下的淚水味道。但我現在無暇感傷，首先要把睡衣拿出來，收進櫃子裡。

在人生第一次對抗病魔之前，我從來沒想到自己的生活需要那麼多睡衣。在住院期間，必須經常換睡衣；極端地說，即使每隔五分鐘換一次，睡衣仍然會被汗水濕透。所以在整理行李時，比起平時穿的衣服，我以充足的睡衣為優先。

即便帶了平時穿的衣服，我遲早也會躺在床上無法動彈，而且這一天在不久的將來就會出現。雖然我現在甚至無法想像自己會變成這樣，但這一天絕對會出現，會在不太遙遠的未來出現。所以我也只帶了目前戴在頭上的這一頂假髮。

我還帶了一件除了試穿以外，一次也沒正式穿過的超高級洋裝，那是我最喜歡的名牌衣服。以我的薪水，根本買不起這個品牌的衣服，之前最多只買過這個品牌的襪子和皮包過過乾癮。

半個月前，我去逛街買衣服，平時都只敢看一下這個牌子的配件就慌慌張張溜走，那天我在挑選衣服時完全沒有看價格。但每次試穿，決心就有一點動搖。**既然最後都得燒掉，與其花大錢買這種衣服當壽衣，還不如捐**

款扶弱助貧，對社會有點貢獻比較好。

但是，那時候我清楚聽到了一個聲音——

『不對吧！』

我以為是店員在試衣間外面大叫，也許真的是這樣。總之，這個偶然聽到的聲音推了我一把，趕走了我內心的猶豫。然後，我花了很長時間，為自己挑選了人生旅程的終點要穿的衣服。

如果當時沒有聽到那個聲音，我一定會覺得太浪費錢，最後什麼也不買，就走出那家精品店。幸好當時憑自己的意志挑選了那件衣服，而這件事我真的做對了。

因為我凡事就只能靠自己。我沒有結婚，也沒有孩子，這種事也不能找父母幫忙。如果不自己挑選在人生最後一段路上所穿的衣服，並沒有人會為我做這件事。

只不過最後結完帳時，我渾身冒著冷汗，覺得心臟快從嘴巴裡跳出來。當我拎著店員小心翼翼地包好後放進大紙袋的洋裝走出精品店時，我為自己感到自豪。

我用衣架將那件洋裝掛在鉤子上，再把新買的內衣褲和睡衣塞進櫃子，牙刷放進杯子。為了以防萬一，我還帶了香皂，但應該沒機會使用，因為獅子家園的香皂比我帶來的更高級，而且看起來也更環保。

貼了磁磚的淋浴室角落有一張椅子，可以坐在椅子上沖澡，淋浴室內都有地暖系統。這些簡直就像高級飯店的設備既讓我興奮，但內心也有擔當不起的感覺。

我既不認識政界人士，也不是名人的女兒，更不是有錢人家的千金小姐，為什麼有資格住進獅子家園？我這種人能夠在這麼愜意的地方度過餘生，會不會太幸運了？

正當我這麼想時，突然有一團白色的小東西從門外衝了進來。因為牠渾身毛絨絨的，我以為是兔子。隨即有人追了進來。

那團白色的東西不是兔子，而是一隻狗，那隻狗正旁若無人地在我的房間內跑來跑去。

「散步回來不擦腳，小心會被瑪丹娜罵。」

跟著那隻狗出現在我房間門口的，是一個一看就知道是病人的男人。他的手腳都很乾瘦，只有肚子特別大。

「啊，初次、見面。」

他對側坐在地上的我深深鞠了一躬說道。

他的手上拿著濕毛巾，似乎打算用這塊毛巾為白狗擦腳。那隻狗的腳的確很髒，就像穿了一雙灰色襪子。但小狗好像在逗弄那個男人般跑來跑去，看到我放在行李箱中的絨毛娃娃，立刻叼在嘴上，開心地玩了起來。

沒想到獅子家園竟然有狗！

「可以帶寵物來這裡嗎？」

我忍不住開口問才剛認識的男人，也忍不住感傷地想起，我把飼養多年的烏龜送給了之前很要好的同事。

「好像可以喔！但這隻狗不是我的，飼主很久之前就在這裡去世了。在飼主離開後，大家就一起照顧牠。」

男人在說話的同時，伸手想幫狗擦腳，但那隻狗仍然忘我地玩著絨毛娃娃，喉嚨發出「咕、咕」的聲音。

「等一下，六花。」

「溜滑？」

這個名字太奇怪了，我忍不住問。

「六朵花的六花，唸 rokka，但好像也可以唸成 rikka。」

男人回答道。

「原來是代表雪的六花。」

我以前就很喜歡國文。

「妳真內行。」

男人總算勉強為白狗擦完了四隻腳，準備站起來，卻遲遲站不起來。

跳進行李箱的六花把腦袋放在我帶來的熊娃娃上，做出了睡覺的姿勢，臉上露出了「**看吧，看吧**」的表情。

「我可以把牠留在這裡嗎？」

男人終於站了起來，看了看六花，又看了看我問道。

我完全沒有想到竟然會有這種事，目瞪口呆地點了點頭。我覺得好像在做夢，忍不住捏了捏臉頰，冷冷的感覺在臉頰上擴散。

看來這不是夢，而是如假包換的現實。

「六花。」

男人離開後，我小聲叫著六花，但六花一動也不動，臉上的表情也完全沒有任何變化。牠似乎已經進入了夢鄉，我帶來的那些絨毛娃娃在牠身旁圍成一圈。

小時候，我每年都會向聖誕老人祈求一個願望。

其實我很想有一個妹妹，但年幼的我覺得似乎不該提出這樣的奢求，所以每年都向聖誕老人祈求同一件事——

「我想要一隻狗。」

從幼稚園開始到小學畢業為止，我每年、每年都向聖誕老人祈求同樣的願望。但是聖誕節的早晨，出現在我枕邊的，永遠都是動物的絨毛娃娃。有一年是熊，有一年是貓熊，有一年是企鵝，有一年是老鼠，還有一年是神秘的動物，從來沒有過活生生的狗出現在我的枕邊。

在中學一年級時，我終於瞭解了內情。

「我不會再向聖誕老人祈求養狗了，因為我已經有這麼多絨毛娃娃了。」

我對爸爸如此說道。

我一輩子也不會忘記，當我這麼告訴爸爸時，他臉上露出了難以形容的為難表情。

我和爸爸住的集合住宅不能飼養貓或狗。爸爸滿臉歉意，眼眶濕潤，用力咬著下唇，好像快哭出來了，結果我只好安慰爸爸。

那一年之後，聖誕老人就不曾再出現在我家。

但從那一年開始，每逢聖誕節的夜晚，我和爸爸就會穿上漂亮的衣服，去車站前的飯店吃聖誕大餐。中學一年級、二年級時，甚至在即將考高中的三年級時，我都和爸爸一起去吃了聖誕晚餐。

這是我印象中的家人團聚時光。

我完全沒有和親生父母一起生活的記憶，從有記憶開始，家裡就只有撫育我長大的爸爸和我兩個人。因為一開始就這樣，所以我根本沒有對此感到寂寞或是覺得無聊。即使有時同學對我說：「家裡沒有媽媽很可憐。」由於從來沒有體會過母親這個角色的存在，所以我反而很同情說這種話的同學。

我從來沒有對自己的境遇感到悲觀，由此可以證明，爸爸用愛養育我長大。雖然偶爾會因為工作分身乏術而缺席，但爸爸幾乎都會來參加教學參觀日，也會趕來參加運動會。放長假時，我們會一起去旅行、露營，週末也經常去電影院。

雖然這麼說很對不起媽媽，但即使沒有媽媽，我的生活也沒有任何不自由。如果聖誕老人出現在我面前，說可以送我媽媽或狗給我當禮物，我可能會無憂無慮地選擇狗。

最後，我捨不得丟棄任何一個絨毛娃娃，我也無法決定該帶哪個娃娃，該把哪個留下。雖說是留下，但其實就是丟棄。

我做不到，我當然不可能做到，因為這些絨毛娃娃是我的摯友。

每一隻絨毛娃娃當然都有名字，所以我決定讓這些娃娃陪在我身邊到最後，而且在我死了之後，也要求把它們放進我的棺材。如此一來，也可以節省別人把它們當垃圾丟掉的時間。基於這種想法，我把所有已經滿身是傷的絨毛娃娃帶來這裡。

六花在行李箱內，在絨毛娃娃的圍繞下，露出了幸福的睡臉。我很想摸一摸牠身上的白色，但如果摸了，會妨礙六花睡覺，所以我拼命忍住了。抗病多年，我已經習慣了忍耐。

我一動也不動地持續注視著牠熟睡的臉。剛好在今天聖誕節入住獅子家園，這也許是上天送給我最後的聖誕禮物。

這麼一想，眼淚差點奪眶而出。我也不知道這是喜極而泣，還是悲傷的淚水，也許兩者皆是。

六花在我的行李箱內睡了將近一個小時後，緩緩坐了起來，打了一個呵欠，然後在門前「嗷」了一聲。我猜想牠想要出去，於是就為牠開了門，牠立刻一溜煙地從走廊跑不見了，但我想一定還會見到牠。

我把蘇放在大衣口袋裡，也走出了房間。出去外面時，可以從每個房間都直接走出去，不需要特地走到玄關。我把帶來的懶人鞋放在露台上，然後走了出去。

現在外面還很冷，夏天的時候，在露台上睡午覺應該很舒服，但……

我應該等不到夏天了。我事不關己地怔怔想著這件事。如果主治醫師的診斷沒錯，我的生命之火會在梅花盛開，櫻花還來不及綻放之前就燃燒殆盡。

現在我還無法想像自己的死亡。心臟還在噗通噗通跳動，雖然似乎瘦了一些但吃飯還是覺得很香，身體可以自由活動，連自己都有點不可思議。

只是我很清楚，不可能發生翻天覆地的奇蹟。我的人生軌道會慢慢向死亡前進，我只是比別人稍微早一點得知了這個事實。

享年三十有三。

從客觀的角度來看，也許的確有點短，但說短其實也不短，三十多年也算是有點長的人生。雖不到聖母峰級，卻也曾經有山有谷有起伏。

沿著獅子家園內的坡道一直往下走，前方就是大海。從梯子走下去，就可以走去海邊。只有一小部分是沙灘，其他都是一片石頭。潮水好像才剛退，石頭上都是海藻和貝類。

我脫下懶人鞋，以免掉進海裡，然後坐在岸邊眺望大海，伸手拿出口袋裡的紙包。我記得瑪丹娜剛才說這叫「蘇」，但也許是「諾」，也可能是

「族」。我從來沒有聽過有叫「蘇」的食物，假設這種食物真的叫「蘇」，蘇像牛奶糖一樣用薄紙包了起來。

我把一小塊蘇含在嘴裡，然後再用臼齒咀嚼，內心最先湧起了懷念的情感，我吃過這種味道。

外側很鬆脆，起初我聯想到小時候吃過的不二家 Milky 牛奶糖，只是沒有那麼甜，也不像是糖果的感覺。我咬了第二口，這次甜味漸漸在嘴裡擴散，好不容易似乎快抓到了，尾巴又從手心逃走了，簡直就像在玩鬼抓人的遊戲。

我覺得似乎不可以吃太多。**該不會是那個**？我突然想到了一種食物，但瑪丹娜說這是她自己做的，所以應該不可能。

閃過我腦海的那種食物，是母乳。

「怎麼可能嘛！」

我自己吐槽自己。雖然我猜不透瑪丹娜的年紀，卻也已經不是有一個需要餵母乳孩子的年紀了，但是……。我把最後一小片蘇放進嘴裡，含在舌尖上，我覺得很適合稱為「上天的母乳」。

從剛才開始，就不斷吹著柔和的風，好像在用手掌溫柔地為我按摩，甜蜜的風就像一次又一次溫柔地親吻我額頭，彷彿在歡迎我來到這裡。

我甩著雙腳，感受著風，腦袋放空，很自然地產生了「**要活得忠於自己**」的想法。

從今以後，要活得更加忠於自我，接受自己原來的樣子，接受包括醜陋的部分和不成熟部分在內的所有一切，坦誠面對自己。不要再為了顧慮護理師和周圍的朋友，明明很痛，卻假裝不痛；明明很難受，卻笑著說沒問題。

不要再當「乖孩子」，這是上天帶給我的啟示。

回想起來，我向來都是用「好」或是「壞」來衡量所有的事。而且不是對自己而言的「好」或是「壞」，是對對方而言的「好」或是「壞」加以判斷。

預先猜想對方的想法，只要對方高興，即使犧牲自己也在所不惜；只要能夠贏得對方的笑容，就相信那是自己的幸福。

當然，這並沒有錯。相反地，從某種意義上來說，這是正確的行為。

但是，我的確犧牲了自己的感情。當主治醫生告訴我，壓力是致癌的根本原因時，我還認定自己根本沒有壓力，所以主治醫生說錯了。

然而，像現在這樣怔怔地望著大海，就可以清楚地感受到自己之前多麼壓抑，簡直就在懸崖邊過日子。身體拼命發出慘叫，不斷向我發出警告：**這樣下去很危險**。我卻無視這些聲音，仍然沒有改變自己的生活方式，結果就是癌症第四期。

也許我太逞強，一個人太拼了。不過，我的人生還沒有結束。

不需要接受所有，不需要喜歡一切，可以活得更任性、更自在。大海和風輕聲對我呢喃。

眺望著大海，我終於瞭解，原來這就是自己原來的樣子。海水絕對不會抵抗風，打向岸邊的海浪，就是海水沒有抵抗、原來的樣子。

喜歡就是喜歡，討厭就是討厭。

人生已經走到最後，要擺脫心靈的枷鎖。上天在溫柔地親吻我時這麼告訴我。

「雫小姐，昨晚睡得好嗎？」

隔天早晨，我走進食堂時，瑪丹娜問我。她戴了一副白框眼鏡，正在專心看報紙。

「很好，睡得很熟，好久沒有睡得這麼熟了。」

我沒有誇張，也不是客套，這是不折不扣的事實。

「太好了，不愧是百分之百天然乳膠床墊，這種床墊也讓我每天晚上都一覺到天亮。」

瑪丹娜瞇起月牙眼微笑著。

「睡覺很重要，所以我對睡眠環境要求很高。睡得好、笑得開心、為身心保暖，可以帶來幸福的生活。雫小姐，關鍵是笑容，笑容很重要，要隨時保持笑容。」

不知道是否因為早晨的關係，瑪丹娜說話的聲調比昨天稍微高了一些。

我決定從今天開始不戴假髮。在獅子家園，沒有人會肆無忌憚地打量我，我也不需要看到別人同情的表情而移開視線。而且我也沒穿胸罩，只在毛衣外套了一件毛線背心遮住胸前。我根本不想穿胸罩，每天不穿胸罩就無法出門這件事，讓我很痛苦。

告別了假髮和胸罩，身心一下子輕鬆了許多。

雖然我並不是想和大家一起吃早餐，但第一天早上，很想去食堂看一看。

「早安。」

我坐在空位上等了一下，聽到背後有人向我打招呼。是一個頭上綁了頭巾的男人，也就是昨天來房間為六花擦腳的那個人。

我是不是該自我介紹一下？但是好麻煩，相互說明自己罹患了什麼癌症，還可以活多久實在很奇怪。我正在左思右想時，那個男人緩緩遞上了名片。

「這是、我的名片。」

上面寫著「**倖存者　粟鳥洲友彥**」。我差一點唸成「栗」，但仔細一看，西下面是一個米字，所以立刻糾正自己，這個字唸「粟」。

「粟鳥洲友彥先生。」

我正確地唸出了他的名字。

「呃……」

我打算自我介紹。

「妳是海野雫小姐吧？」

他很熟絡地叫著我的名字。

我因為想不到什麼暱稱，所以就在房間門口的牌子上寫了自己的本名。

「妳的名字好像是配音演員或是偶像的名字。」

粟鳥洲先生說了每個人聽到我名字後都會說的話，還莫名其妙地對我擠眉弄眼。

「我就住在妳隔壁房間。我們是鄰居，所以要當好朋友。」

粟鳥洲先生用親熱的語氣對我說。

我討厭這種人，對這種人出現在眼前感到不知所措。

「雫小姐，妳不用理他，他只是個色老頭。」

瑪丹娜雙手端著看起來很重的砂鍋，故意大聲地對我咬耳朵。

「先不說這些，趕快來吃吧！人等人沒問題，不可以讓粥等人。」

瑪丹娜開朗地說。

「今天的是紅豆粥。獅子家園的三百六十五天，每天早晨都用不同的粥品迎接各位貴賓。」

我端著裝在碗裡的粥，坐在座位上吃了起來。紅豆粥的配菜有酸梅、昆布、薄鹽鮭魚和味噌鯛魚。

之前住院時，我完全沒有吃醫院供應的粥。因為粥幾乎都冷掉了，而且很黏稠，吃起來很噁心。但是眼前的紅豆粥冒出的熱氣在跳舞，我用木湯匙吃了一口，發現完全改變了我以前對粥品的看法。

「好幸福！」

我脫口說出了表達最高等級美味的話。

紅豆粥清爽的味道稍縱即逝，宛如美味的水，當我回過神時，發現自己忘了用配菜增加變化。大口吃著紅豆粥，越吃越覺得胃底深處暖乎乎的。水滲入了乾涸的大地，紅豆粥的滋養滲入全身每一個細胞。

我起身去添粥，妹妹舞婆婆站在砂鍋旁，只要遞上空碗，她就會為我盛上。昨天我分不清她們姊妹誰是誰，現在我知道盤著丸子頭的是姊姊縞婆婆，一頭短髮的是妹妹舞婆婆。

「是不是很好吃？」

舞婆婆滿面笑容地舀著紅豆粥問我。

「對。」

我誠心地回答。

「每天早上吃這裡的粥，就會有許多好事發生。」

舞婆婆對我說。

我回到座位，在冒著熱氣的紅豆粥裡加了酸梅一起吃。吃起來酸酸的，味道很好吃。接著又加了薄鹽鮭魚，吃起來鹹鹹的，也很好吃。身體好像跺腳喊著：「**我要吃粥，我要吃粥！**」渴求著更多的粥，第二碗粥也在轉眼之間就吃完了。

吃完早餐後，我喝著昆布茶坐在那裡發呆，瑪丹娜走了過來。

「怎麼樣？粥品合妳的胃口嗎？」

「太好吃了。」

雖然這句話了無新意，但我想不到其他說法。

「俗話說，粥有十利，意思是說，吃粥有十大益處。」

瑪丹娜說完這句話，又接著說了下去。

「資益身軀，顏容豐盛；補益衰弱，增長氣力；補養元氣，壽算增益；清淨柔軟，食則安樂；氣無凝滯，辭辯清揚；滋潤喉舌，論議無疑；溫暖脾位，宿食消化；適充口腹，饑餒頓除；喉舌霑潤，乾渴隨消；調和通利，風氣消除。」

我豎耳聽著瑪丹娜的說明，心想：**如果我更早邂逅粥品，是不是就可以不生病？**這種現在再怎麼想也無濟於事的問題。

「雫小姐，現在才開始，妳全新的人生現在才要開始，所以每一天都要健康平安。」

瑪丹娜說完最後這句話，便端著吃空的砂鍋走回廚房。

原本想好遇到瑪丹娜，就要問她昨天的「蘇」是什麼，但剛才吃粥太興奮，竟然忘了這件事，只能等下次有時間再問。

昆布茶也入口甘潤，齒頰留香。

來到獅子家園後，我每天早晨起床的第一件事就是聽音樂。

今天也一邊感受著自己又迎接了一個全新的早晨，一邊聆聽著耳機中傳來的大提琴聲。

這一系列樂曲曾經是我的催眠曲，我只要聽到十八世紀偉大作曲家創作的大提琴組曲，心情就會特別好。不過，我已經很久沒聽了。因生病意識到自己來日不多後，我又開始想聽這些音樂。

躺在舒服的寢具中，聽著音樂，眺望清晨的大海，是至上的幸福。

我在獅子家園的一天就這樣拉開序幕。

在這裡的生活，基本上就是吃和睡。吃飯、睡覺、吃飯、睡覺、吃點心、睡覺、吃飯、睡覺，只是中間偶爾會插入「看書」或是「散步」。如果有需要，也可以找人來按摩，或是接受芳香療法，也能去瑪丹娜房間的大浴缸泡澡。

起初我擔心這裡的生活太單調，會感到很無聊，顯然是杞人憂天。單調的節奏中有點綴，也有驚喜，完全不覺得膩。

來這裡之後，我才真正體會到食物的美味。原本認為自己很懂美食，但獅子家園的餐點不同於以往，是直接震撼靈魂的美味，我發現自己總是迫不及待地等待開飯。

獅子家園的餐點，大量使用了島上盛產的柑橘類，我以前就很愛橘子等柑橘類。去商店買香柚汁，價格經常貴得嚇人，在這裡可以盡情使用。真不知道以前一個人生活時，只捨得淋幾滴是在小氣什麼。

一日三餐。早餐喝粥；午餐在食堂吃自助餐，每天的菜色都不一樣，還準備了三明治、粗卷壽司、濃湯或是味噌湯；晚餐則是為每個人提供套餐。

這裡的餐點基本上以素食為主，但並不是完全只有蔬菜。午餐的三明治中有火腿三明治；晚餐時，只要想吃，就可以加點魚或肉，或是同時加點魚和肉。令人高興的是，這裡所有的魚都百分之百來自瀨戶內。

來這裡第四天的正午過後。

我躺在床上放鬆，聞到了不知道從哪裡飄來的香味。

今天的午餐吃了檸檬風味的豆皮壽司和石狗公味噌湯，胃裡仍然殘留著美味的餘韻。

我好奇地打開房門，發現香氣更加濃烈。這絕對是咖啡的香氣。

我被香氣吸引，飄飄然地沿著走廊尋找，發現來自走廊盡頭的那個房間。

我站在那裡嗅聞著香氣，門突然打開了，縞婆婆從裡面探出頭。入口的牌子上寫著「**老闆**」的名字。

「老闆今天身體不錯，所以泡咖啡給大家喝。雫小姐，妳也一起來排隊啊！」

縞婆婆似乎已經記住了我的名字。我戰戰兢兢地向房間內張望，發現已經有好幾個人在排隊。

「請進。」

老闆看到我，用深沉的聲音對我說。

和我的房間差不多大小的室內，變成了臨時咖啡館，而且還低聲播放著爵士樂。

「我也可以喝咖啡嗎？我以為攝取太多咖啡因會影響健康，所以一直不敢喝。」

瑪丹娜也在排隊，我小聲問她。

其實我很喜歡喝咖啡，但在對抗疾病期間一直忍著沒喝。

「在這裡，只要是自己喜歡的食物，照吃照喝都沒問題。」瑪丹娜說完，又瞇起月牙眼補充道：「而且老闆泡的咖啡是全世界第一。」

桌子上放著泡咖啡的道具。**這是老闆的工作道具嗎？**他帶了泡咖啡的道具來到即將安息的地方，就像我帶了絨毛娃娃來這裡。

等間隔排放在桌上的虹吸式咖啡壺，從剛才就不停地滴落深棕色的咖啡。

老闆年近六十，不，也許是六十出頭。生這種病之後，每個人看起來都會突然老好幾歲，所以或許他的實際年齡更年輕。他穿著做工考究的襯衫，用吊帶夾著西裝褲，領口繫著領結，穿在他身上簡直太適合了。我忍不住想像爸爸穿這套衣服的樣子，差一點笑出來。

老闆背對著大海，露出認真的眼神，把熱水倒進咖啡杯中。我一時想不起那個注入口很細、像灑水壺一樣的容器叫什麼名字。旁邊有一個電熱器，放在電熱器上的水壺一直冒著熱氣。

只有在電動磨豆機磨咖啡豆時，發出很吵的聲音。**咖啡豆也是老闆帶來的嗎？**老闆的每一個動作都精準無誤，簡直就像在欣賞美麗的創作舞蹈。

輪到我的時候，老闆向我鞠了一躬，把熱水沖進咖啡豆中央。噗咕噗咕，咖啡豆深處冒出了小氣泡，這些氣泡反射了陽光，閃著五彩光芒。

「請享用。」

我就像領畢業證書一樣，恭敬地用雙手接過老闆遞給我的咖啡杯。咖啡杯下方是相同花紋的杯碟，還附了銀色茶匙和 Kisses 巧克力。

「妳要砂糖和牛奶嗎？」

「不用了。」

聽到老闆深沉的聲音，我忍不住如此回應道，但其實我想加一點砂糖和牛奶。

「老闆，你會不會太偏心了？」

我拿起咖啡杯，正準備喝的時候，排在後面的女人說道。

「對啊！我也這麼覺得。」

粟鳥洲不知道什麼時候站在我身後。

「這組義大利名瓷 Richard Ginori 的茶杯和茶碟不是很特別，平時都不會拿出來使用嗎？」

那個女人又接著說。

「我如果不自己帶杯子來，老闆就不給我喝咖啡，這太不公平了。老闆就是悶騷的色胚，明顯對年輕女生有特別待遇。」

我已經不年輕了。我這麼想著。聽著他們兩人你一言，我一語，雖然明知道他們並不是真的生氣，但還是覺得有點抬不起頭。

我想要慢慢品嚐這杯咖啡，於是走回到自己房間，看著大海啜飲。咖啡有點苦，又不會太苦；有點濃，又不會太濃，泡得剛剛好，的確不需要砂糖和牛奶。

活著真好。我覺得咖啡在對我呢喃。

在獅子家園，會回想起自己生病之前的很多事。

愛喝咖啡就是其中之一。我戒咖啡已經很久了，差一點忘了自己曾經愛喝咖啡這件事。以前沒生病時，每逢週末等假日，就會去不同的咖啡店。

我想起以前沒有生病時，也曾經去瑜珈教室上課。突然想起這件事，就很想做瑜珈。

我喝完剩下的咖啡，把杯子洗乾淨後，將毛毯鋪在地上，盤起雙腿。今天也是晴朗的好天氣。

我回想著瑜珈老師教的動作，做出各種姿勢，保持靜止。以前可以輕鬆做到的姿勢，現在變得很難，相反地，以前怎麼也做不到的姿勢，竟然一下子就完成了，但我不敢做三點頭倒立。我目前的身體狀況必須格外注意骨折的問題，因為骨骼變得鬆脆，不經意的動作都會造成壓迫性骨折的危險。

其實不需要勉強做太難的動作，光是張開手腳，就覺得渾身舒暢。最後我手腳張成大字，躺在地上，將意識集中在呼吸上開始冥想。

活著。

我還好好活著。

當我這麼想的時候，身在此處的真實感像海水般滿溢，身體好像浮在海面上漂來漂去。

我不知道這樣躺了多久，六花從稍微打開的門縫中走了進來。牠會用自己的鼻子把門縫擠得更大，靈巧地把房門打開，牠之前多次用這種方式突然闖進我的房間。

「六花。」

我保持攤屍式姿勢，閉著眼睛對著六花說話。

六花好像在嗅聞食物的味道一樣，在我的耳朵、嘴巴周圍聞來聞去。六花的鼻子濕濕冷冷的，牠用這種方式嗅聞完我全身的每一個角落後，走進我兩腿之間，開始嗅聞我胯下的味道。

「那裡不行。」

六花的鼻子用力鑽進我私處的凹陷部分。

「如果讓我慾火焚身，不是很傷腦筋嗎？」

面對六花，我可以若無其事地說出這麼害羞的話，簡直不可思議。

六花嗅聞了我私處半天之後，不知道是否感到滿足，把下巴放在我的恥骨上睡著了。我覺得很癢，而且有點害羞，但並不會不喜歡。六花吐出的氣很溫暖，也很舒服。

我伸長手臂，可以稍微摸到六花頭上的毛。既柔軟，又蓬鬆，簡直就像是小嬰兒。

我記得那是讀中學的時候，當時剛好是冬天，我和住在附近、平時一起上學的閨蜜聊到以後結婚生子的事。她功課很好，說自己要當職業婦女，不想結婚，想要在工作上做出一番成就，而且還一臉得意的表示，她也不會生孩子，想一輩子都只談戀愛。

『小雫，那妳呢？』

她說完反問我。

『我喔……我希望至少生一個兒子，一個女兒吧！』

我當時這麼回答。

我對未來並沒有明確的想法，只是隱約覺得當媽媽是我的夢想。那時候經常不寫功課，思考著以後生孩子要取什麼名字，獨自樂在其中。無論是兒子的名字還是女兒的名字，我都只想到和我一樣，只有一個漢字的名字。

閨蜜雖然宣稱以後要當職業婦女，最後和在讀大學時認識的土耳其人結了婚，目前住在加拿大，還生了兩個兒子。

人生真的難以預料。我當時那麼想要生孩子，甚至連名字都想好了，最後還來不及懷孕，就摘除了子宮。

但是……

我伸出了手。

但是，我來到這裡之後，遇見了六花。六花就是我的孩子。然後就產生了六花真的是我的子宮孕育出來的生命，經由我的產道來到這個世界的嚴肅心情。

我稍微坐起上半身看了一下，六花枕在我的恥骨上，舒服地進入了夢鄉。牠不知道夢到了什麼開心的事，嘴巴不停地動著，用力搖著尾巴。

「六花，可以去散步了！」

隔天，瑪丹娜看到我和六花處於蜜月狀態，這麼向我提議。她為六花套上項圈，然後遞給我一條很舊的牽繩。

這是我人生第一次帶狗散步，我小時候曾經多麼渴望這一天。我的背包裡裝了中午自助餐餐點中的貝果，和甜點蒸麵包。

「出發囉！」

一走到門外，六花性急地拉著我跑。

「六花，慢一點，小雨沒辦法跑這麼快。」

我確認四下無人後，這麼對牠說。

小雨是爸爸叫我的小名，在小學畢業之前，我在家裡都叫自己小雨。

瑪丹娜說的沒錯，六花穿越捷徑，沿著坡道不停地走上去。我希望慢慢走，欣賞沿途的風景，六花根本不等人。牠以驚人的速度開拓了我的世界，我就像抓著救命繩一樣緊緊握住牽繩。

不用擔心，六花知道路，妳放心吧，跟著牠走就行了。

達達達，達達達。和六花一起散步就是幸福，即使找遍內心的每個角落，也找不到幸福以外的感情。

如果我沒有生病，醫生沒有宣佈我來日不多，我就不會來到獅子家園，也不會見到瑪丹娜。既不知道有檸檬島這個島嶼，也不知道瀨戶內有這麼出色的地方；既不瞭解粥的美味，也無法喝到老闆泡的咖啡。然後，更不會遇見六花。

「生病似乎也不壞。」

我對著仍然不顧一切往前衝的六花背影說道。

「小雨的人生並不是只有壞事。」

我還無法發自內心地說，很慶幸生了這場病，也還無法感謝癌細胞，但我的確因此得到了很多禮物。

這時，不知道哪裡突然傳來了叫聲——

「六花！」

六花聽到叫聲，立刻把尾巴挺得筆直，用力「汪」了一聲。

我停下腳步，六花更用力拉扯著牽繩，幾乎快把牽繩扯斷了。

「鬆開牽繩也沒問題。」

那個人見狀這麼對我說。我一鬆開牽繩，六花就像一陣風般衝了出去。

那個人站在一片農田當中。

「你好。」

我比六花晚一步來到農田。六花興奮不已，無拘無束地在田裡跑來跑去。

原來那裡是葡萄園。

「妳好。」

站在葡萄園內的，是和我年紀相仿，也可能比我小幾歲的男人。他微微拿起頭上的格子圖案獵帽，向我打招呼。

「這裡的風景真美。」

我回頭看著大海的方向說道。

一片藍色的大海，在距離很遠的下方熠熠發亮。

「沒錯，我最喜歡從這片葡萄園看到的大海。」

他附和地說。

「我是獅子家園的……」

我的話還沒說完，他就打斷了我。

「妳是雫小姐，對嗎？我們幾天前已經見過了。」

我站在那裡搞不清楚狀況。

「就是妳搭船從本州來這裡的時候，我那天剛好在船上幫忙。」

他露出靦腆的表情說道。

「啊，該不會是那位聖誕老人？你當時戴了紅色的帽子。」

「沒錯，沒錯。其實我不想戴那頂帽子，但船長說，那天是聖誕節，服務一下客人。他平時很照顧我，所以我覺得為他做這點事也是應該的。我告訴瑪丹娜，那天會在船上打工，她就說妳會搭那班船，如果看到妳有什麼問題，要主動上前關心。」

「原來是這樣。」

我不知道搭船時有人默默關心著我。

「我叫田陽地。農田的田，太陽的陽，大地的地，田陽地。我負責這片葡萄園。」

田陽地向我伸出手，我也伸出手和他握手。

我和田陽地坐在他搭建的涼亭長椅上，一起喝著檸檬水。喝了檸檬水後，覺得肚子突然餓了起來。我帶了午餐的便當，問他可不可以一起吃午餐，田陽地說他也有帶飯糰。當我剛把午餐拿出來，六花就突然衝了過來，我為六花帶了舞婆婆烤的狗餅乾。於是我們就看著大海吃午餐。

田陽地並不是在這座島上土生土長的人，他五年前搬來檸檬島開始種葡萄，努力釀葡萄酒。

五年前剛好是我發現自己生病的那一年，在我對抗疾病時，田陽地在這裡種葡萄。

「這座島上以前種了很多檸檬，但那些種檸檬的農民都上了年紀，而且現在從國外進口了大量便宜的檸檬，許多人都放棄種植了。於是就有人提出一個宏偉的計畫，要在已經放棄耕種、長滿雜草的農田上，種葡萄幼苗，釀造檸檬島特產的葡萄酒，以後還要將瀨戶內葡萄酒推向世界。」

田陽地一派輕鬆，好像在說什麼稀鬆平常的事。

「妳喜歡喝葡萄酒嗎？」

他問道。

「喜歡。」

我老實回答。

「那妳一定要試試我釀的葡萄酒，獅子家園也有。」

田陽地吃著飯糰說道。

我點頭附和著，咬了一口貝果，早知道這麼好吃，我應該多帶一個。

「其實當初是瑪丹娜最先說要釀瀨戶內的葡萄酒，她說想要釀造優質的葡萄酒，給安寧療護院的客人喝。不是有嗎啡葡萄酒嗎？她想要用這裡產的葡萄酒來做。起初大家都笑她，完全不當一回事，沒想到後來真的推動了這項計畫，我也被叫來了這裡。」

田陽地吃飯糰的樣子讓人覺得飯糰很好吃，潮濕的海苔香味飄了過來。

「我曾經聽說過嗎啡葡萄酒的事，據說如果痛得吃不消，隨時都可以喝。但我現在還沒有問題，所以還沒喝過。但只喝葡萄酒應該也沒問題吧？」

和咖啡一樣，我之前也以為酒精對身體不好，所以很久沒喝了。

「請妳一定要嚐一嚐。既然妳喜歡喝葡萄酒，喝了之後，一定要告訴我有什麼感想。今年終於能喝了。」

聊到葡萄酒，田陽地的聲音突然有了精神。

我和田陽地聊得太投入了，坐在腳邊的六花「嗷」了一聲撒嬌起來。

「給你。」

田陽地掰開六花的餅乾，放進牠的嘴裡。

喀哩喀哩，喀哩喀哩。六花像平時一樣，發出清脆的聲音吃了起來。

「這個小傢伙真的很貪吃。」

田陽地摸著六花，牠舒服地仰著身體。

「即使我不在的時候，妳也可以隨便坐。雖然還有點冷，但可以在這裡睡午覺，在這裡看書也很舒服。」

我開始收拾東西準備回家時，田陽地這麼對我說。他正在工作，我不能太打擾他。

「下次再來找你玩。」

田陽地聽了，再度輕輕拿起格子圖案的獵帽，向我鞠了一躬。

我為六花繫上牽繩，慢慢走下坡道。回程的時候，六花沒有像剛才那樣一個勁地往前拉牽繩。

「六花，謝謝你。」

我對著牠說，是牠介紹我認識了田陽地。

「如果小雨沒有生病，可能會墜入情網。」

即使我說了這麼意味深長的話，六花也充耳不聞，只顧著走回獅子家園。

今天晚上，我要加點一份肉，然後嚐嚐田陽地的葡萄酒。

星期天下午三點，大家都聚集在點心室。

前幾天會診時，從鄰島來的一位負責末期醫療的醫生、照護專員、看護和藥劑師也都在，我對認識的人微笑打招呼。

雖然我並沒有引頸期盼星期天的點心時間，但如果說完全沒有興趣，當然就是說謊，我以前也曾經嗜甜如命。

曾經有一段時間，不知道是否是藥物的影響，吃我最愛的甜食時，竟覺得索然無味，味同嚼蠟。那次之後，我就有點怕吃甜食。

「不知道今天是什麼點心？」

我提早走進點心室，坐在壁爐附近的座位。沒想到粟鳥洲走了過來，若無其事地在我旁邊坐了下來。原本還期待老闆坐在這一側的空位，但他好像不來參加今天的點心會。

「雫小姐，妳已經寫下想吃的點心了嗎？」

粟鳥洲把臉湊過來靠近我。

他的視力有問題嗎？我覺得他說話好像在說教。

「還沒有。」

我悄悄和他拉開了距離回答道。

「如果不趕快寫，小心會被打屁股。」

粟鳥洲又把臉湊過來，距離明顯太近了。

「因為我還沒有想好要點什麼。」

我再次悄悄拉開和他之間的距離，很乾脆地說。

「我點的點心啊，」我根本沒有問他，他就主動說了起來，「是便利商店的蛋糕捲。以前我還是中學生時，曾經有女生送我，但現在已經沒賣了，真是太可惜了。」

「所以你就點了便利商店的蛋糕捲嗎？」

我覺得不是手工製作的點心，很有粟鳥洲的風格。擅自這樣想像他的人生有點對不起他，他似乎有點可憐，但他本人雲淡風輕地談論起對當時那道點心的感想。

「真的很好吃。而且舞婆婆還特地裝在很有便利商店味道的袋子裡，更讓我沉浸在回憶中。不知道那個女生現在好不好？」

我聽著粟鳥洲的話，在內心思考著自己回憶中的點心，沒想到各種有關點心的畫面浮現在腦海，難以只選出一種。爸爸費了九牛二虎之力做的甜甜圈難以割捨，和閨蜜一起在聖誕節烤的餅乾也讓人難以忘懷。

「那就開始囉！」

我猛然回過神，發現瑪丹娜姿勢挺拔地站在眾人面前。她用平靜的聲音說了起來，聚集在點心室內的所有人都豎耳靜聽著她的聲音。

「我在台灣出生，因為戰爭時，我的父親在台灣當警察。我有很多兄弟姊妹，據說住在台灣時，家裡有傭人，當時的生活很優渥，但我幾乎不記得以前在台灣生活的事了。日本戰敗後，我的父母帶著我們這些孩子回到日本，我們失去了住的房子，財產也被沒收了，只能輾轉住在親戚家。我母親在上了年紀後經常說，那時候的日子過得最辛苦。

在我讀小學的時候，有一天放學回家，母親做了點心，我說很好吃，她說是以前在台灣的時候，幫傭教她做的。雖然我忘了名字，只記得是白色的，吃起來像豆腐一樣，那是台灣人常吃的點心。我記得當時母親說，父親農田種的落花生剛好收成，所以好像是用落花生做的。我父親為了養家餬口，在附近河岸的河堤旁開墾了一片農地。我完全無法想像父親在台灣時當過警察，一直以為他是貧窮的農民。」

瑪丹娜停頓了一下後，抬起頭，她的一雙眼睛彎成了月牙，無法解讀她眼睛深處的情感。

「在調查之後發現，這上面寫的台灣點心應該是豆花，黃豆的豆，鮮花的花，是用豆漿做的點心。夏天可以吃冰豆花，冬天可以吃熱豆花。今天準備了熱豆花，然後淋上花生湯一起享用。」

瑪丹娜用穩重的聲音說完後，點心室內的人紛紛鼓掌。

縞婆婆和舞婆婆靜靜地把豆花端到每個人面前。

「請各位享用。」

瑪丹娜說完，大家開始吃起豆花。

有一點燙，有一點甜的滑嫩豆花滑入了喉嚨深處。

簡直就像雪一樣。雪花的結晶落在手掌的瞬間，立刻就不見了；豆花也一樣，放在舌尖的瞬間，就消失無蹤了。

負責做點心的舞婆婆看著大家吃豆花，說明了起來。

「豆花上淋了花生湯。台灣人很常喝花生湯，還有花生湯的罐頭。這次總算張羅到新鮮的落花生，所以就煮了花生湯，還加了生薑汁，喝了可以暖和身體。另外，將豆漿凝固時，容易有豆腥味，為了消除這種豆腥味，所以加了少許白醬油。還剩了少量豆花，想要再來一點的人請舉手。」

舞婆婆說話慢條斯理，有獨特的口音，聽起來很舒服。

我用湯匙撈起花生，送進嘴裡，然後閉上眼睛，想像著從來沒有去過的台灣街道。

雖然瑪丹娜沒有說今天的豆花是誰點的，但一眼就可以看出來了，是武雄爺爺點了豆花。

雖然我沒有和他正式聊過天，但有一次我走在走廊上，他對我說：「今**天也是好天氣。**」他是一位看起來很溫和的爺爺，眼神很溫柔。

武雄爺爺一動也不動地注視著裝在碗裡的豆花，完全沒有吃一口，所以我馬上猜到，他一定見到了當時的媽媽、爸爸和其他兄弟姊妹。既然他媽媽那時做了豆花，可能他們的生活稍微穩定了，也可能有什麼值得高興的事，或是他爸爸的花生田在那天第一次收成。

武雄爺爺注視著豆花，好像在看一部懷舊的無聲電影。

元旦的早餐是百合粥。

我在小年夜晚上發了燒，雖然已經退了，但不想去食堂，於是請人把粥送到房間。當我拿起紅色漆器碗的蓋子，一股清香撲鼻而來，白色的粥上灑了切成細絲的香柚絲。

好香啊！我閉上眼睛，嗅聞著香柚的氣息，讓香氣進入身體深處。

然後，我向乖乖坐在腳下的六花拜年。

「新年快樂，今年也請多指教。」

我送給六花一根新年特製的特大豬骨作為新年禮物，牠可能想在自己的地盤好好享用，叼著豬骨，跑去牠位在圖書室角落的狗屋。

我做夢也沒有想到，自己竟然能夠迎接新的一年。我幾乎舉目無親，原本很擔心自己橫屍街頭。

每喝一口百合粥，幸福感就像煙火一樣綻放。原本想好好品嚐味道，但湯匙一口接著一口把粥送進嘴裡。

我今天沒有使用自己的筷子，而是用袋子上寫了自己名字的新筷子，想到粟鳥洲的筷子袋上用工整的字寫著「**粟鳥洲友彥先生**」，就覺得很好笑。

吃完早餐，很期待今天可以喝到老闆泡的咖啡。但老闆的房間今天也沒有飄出咖啡的香氣，內心感到遺憾的同時，在自己房間裡泡了用蒲公英的根加工而成的蒲公英咖啡。

剛退燒的身體感覺特別舒服，好像剝掉了覆蓋在身體外側的薄皮，身體也變輕盈了。

我滑著手機，想要聽音樂，突然聽到了咚、咚的敲門聲。看護陪著一名坐輪椅的婆婆走進來，她穿了一件接近黑色的灰色修女服。

「這是新年禮物。」

身穿修女服的婆婆說話的速度很緩慢，就像一步一步走在剛結起的薄冰上。她給我的新年禮物，是一片用毛線編織的草莓。

「這是杯墊嗎？」

我也用很慢的速度問她。

「呃、那個、是、環——」

修女服婆婆結結巴巴。

「是環保洗碗布。修女從去年就開始拼命編織，說要給大家新年禮物。」

站在婆婆身後的看護見狀後補充道。被稱為修女的婆婆聽了看護的話，露出了開心的笑容。

「當初醫生說她只剩下沒幾天，於是就緊急出院，來到了獅子家園。她期待每天早餐的粥品，而且又可以編織她最愛的編織物，結果身體一天比一天好。雖然她有失智症，也有心臟衰竭等許多毛病，但在這裡延長了壽命，所以現在仍然活得好好的。」

看護同時對我和修女說道。

「為什麼叫修女？」

我問了看護這個從剛才就很好奇的問題。

「她以前是修女。她在當修女的時候，無論對自己和別人都很嚴格，人和動物，甚至是蚊子都不敢靠近她。但在生了病，又開始失智後，她把自己曾經是修女這件事也忘光了。」

看護滿不在乎地回答，然後又繼續說了下去。

「修女，妳其實很討厭在修道院的生活，對不對？妳有一個初戀情人，對吧？比起上帝耶穌，你更喜歡初戀情人源太吧？」

看護探頭看著修女的臉接連問道。

「源太。」

修女重複了這個名字，然後好像吃了酸酸甜甜的糖果般，害羞地用雙手捂住了臉。她的樣子簡直就像看到筷子掉在地上，也可以笑個不停的十幾歲小女生。

修女或許可以有一個完全不同的人生。我聽著看護的說明，在心裡思忖著。

站在岔路口的時候，並不是走向完全相反的方向，只是方位稍微不同，最初邁步時，可能並沒有發現是另一條路；然而，一旦在那條路上前進，就無法再後退。

修女應該是貫徹了這樣的生活方式。

「修女，妳現在幸福嗎？」

我彎下腰，注視著修女的眼睛問。這樣看著修女，發現她的眼睛像人偶般純樸。

「妳幸福嗎？」

修女反問我。

「我不知道。」

我也有點搞不清楚了，抬頭看著看護。

「只要吸收所有的不幸，把吐出來的氣變成感謝，妳的人生就會綻放光芒。」

看護靜靜地說完，接著露齒一笑。

「這是很久以前，我因兒子去世傷心欲絕時，修女送給我的話。其實在那之前，我很討厭她，因為她真的很壞，而且也很凶。但那一次她靜靜地聽我哭訴，然後對我說了剛才那句話。她還說，她也是用這種方式走到今天，所以我們走到生命的終點之前一起努力吧！她的這番話救了我，所以我現在陪在修女身邊，是為了回報她當時的恩情。」

看護說到這裡，一改剛才的表情，專心地注視著修女。

「修女，妳當時救了我，對不對？等天使來接妳，妳去了天堂，見到源太，要記得向源太告白。」

修女聽到源太的名字，再度羞紅了臉。

「我看著修女，覺得人生以這種方式結束也不壞。雖然我現在仍然是無神論者，但無法按照自己的意志過日子，一切都交由上帝安排也不壞。」

「是啊！」

我回應道。

不知道為什麼，在修女的身旁，就彷彿待在大樹的樹蔭下，感受和煦的微風吹拂著。

「因為人生不如意事十之八九。」

當說出自己內心一直以來的感受，便覺得其實也不過就是如此。人生無法總是如意，這是我活了三十多年的體會。但是，我現在認為，或許正因為人生無法如意，才能夠體會到克服困難後的快樂。

「今天的點心是什麼？」

修女催促著看護。

「好，修女，妳的肚子差不多也餓了。」

看護把輪椅調了頭，準備走出房間。吃完午餐才沒多久，修女可能已經忘記自己吃過了。

「修女，謝謝妳的新年禮物，我會很珍惜的。」

雖然我覺得自己應該捨不得用，但還是看著修女的側臉說道。我想回禮給修女，但手邊沒有任何修女可能會喜歡的東西。

「祝平安。」

修女婆婆用修女的方式，優雅地向我欠身道別。我相信這句話和這個動作，已經滲進了她的身體。

看護也向我鞠了一躬，輕輕推著修女的輪椅走出去。

我靜靜地瞭解，原來人會這樣慢慢回到嬰兒時代。

話說回來，我似乎也能理解，因為期待每天早餐的粥而活得更久這件事。

獅子家園在各處吊著胡蘿蔔，這裡藏了許多小小的希望。

我躺在床上聽音樂，享用完特大豬骨的六花回到我的房間，牠坐在床邊，一直注視著我。

要上來嗎？我掀起被子邊緣，牠想了一下，立刻跳上了床。牠的身上散發出活生生的野獸味道，應該是剛啃完特大豬骨的關係。

六花在我的被子裡探索了一陣子，緩緩湊近我的臉，然後把我的手臂，正確地說，是把我的肩膀當成枕頭，閉上了眼睛，不一會兒，就發出了均勻的鼻息。

即使用一百個，一千個，甚至一萬個「可愛」，也不足以形容我內心湧起的「可愛」感情。某種感情就像泉水不斷湧出般，從我的身體深處湧現，這種感情滲透到我的指尖、頭髮、臼齒內側和內臟的每個角落。

我相信這就是人們所說的母性。

我的身體幾乎被母性的精華給撐破，我覺得六花太可愛了，捧在手上怕牠碎了，含在嘴裡怕牠化了。

我也在不知不覺中睡著，六花仍然躺在我的手臂上。不知道牠是否在做夢，身體不時抽動，或是腳動一下，但最常見的就是嘴巴不停咀嚼。不知道牠在夢裡吃什麼大餐？光是這麼想像，就覺得開心不已。

六花，遇見你真是太好了。想到這裡，淚水奪眶而出。

我喜歡六花不規則的心跳、豆沙色的鼻子上浮現的小水滴、經常掛在眼角的眼屎、腳底有點粗糙的肉球，以及打呵欠時，撲鼻而來的獨特口臭。包括所有這一切，都讓我愛得無法自拔。

今天是晴朗的好天氣，又是新年，我有點想去外面走走。但看到六花睡得這麼舒服，我也繼續躺在床上陪牠睡覺。六花的腦袋很重，而且一直枕在我的手臂上，所以我的手臂都快發麻了，幸好還是可以忍耐的程度。

我很希望可以和六花一直像這樣依偎在一起，六花就像是湯婆子，同時溫暖了我的身心。

從那天晚上開始，我和六花就睡在同一張床上。我以為讓狗爬上乾淨的床上會挨罵，所以提心吊膽了好幾天，但瑪丹娜和其他工作人員都沒有說什麼，我暗自鬆了一口氣。

倒是粟鳥洲得知這件事之後，好幾次開玩笑說：「**好羨慕，好羨慕啊！好處都被六花佔盡了，我也想變成狗。**」我每次都不搭理他，當作沒聽到他在說什麼。

⊛⊛⊛

三日的晚上，我收到田陽地的電子郵件。

吃完晚餐，回到房間後，發現有一封主旨是「新年」的電子郵件。我才剛喝了田陽地釀的紅葡萄酒，所以嚇了一跳。雖然我才喝了一杯，但微醺的感覺很舒服，今天晚餐吃了鹽焗鴨肉。

雫小姐：

新年快樂，恭喜發財。

妳有沒有守歲迎新年？元旦的日出簡直是絕景。

妳星期六想坐我的車出去走走嗎？不好意思，突然這樣約妳。

因為我要去隔壁那座島上送貨，那天一整天都可以開車（只是一輛很破的輕型汽車）。

如果妳不嫌棄，我可以開車帶妳參觀檸檬島。

希望今年是一個讓妳充滿笑容的好年！

田陽地

我太高興了，看了一遍又一遍。

是要充分感受這種喜悅一整晚後再回覆他？還是現在馬上就回覆說，我要去？我猶豫了很久，最後還是立刻回了電子郵件。

田陽地：

新年快樂，恭喜發財！

今年也請多指教。

謝謝你邀我去兜風!!

我太高興了。

如果不會造成你的困擾，請一定要帶我去。

我可以帶六花一起去嗎？

雫

當然可以！

我會在中午之前，去獅子家園接你們。

然後我們找一個地方吃午餐。

那就祝妳今晚有個好夢！

晚安。

田陽地

我忍不住眉開眼笑，這也許是我人生最後一次約會。

雖然這麼想，雖然我的人生已經快走到終點了，但幻想仍然像大爆炸一樣膨脹。我當然很清楚，我和他之間只是友情，事已至此，我不可能抱有什麼期待。

但是，能和田陽地這麼陽光的年輕人一起開車去兜風，簡直太幸運了，這樣死也瞑目。我不禁產生了這種像老太太一樣的感想。

「六花，小雨要穿什麼去約會呢?」

我當然不能穿當成睡衣的運動服，但如果穿我為自己上路時準備的那件華服，也覺得很奇怪。

想來想去，只能穿那件來獅子家園時穿的衣服。當時田陽地也在船上，所以他會發現我穿同一套衣服，但這也無可奈何。正如瑪丹娜在信上所寫的，要在這座島找到自己滿意的衣服比登天還難。

隔天，為了擔心自己會感冒，我一整天都關在溫暖的房間內看書。雙腳暖和，就會覺得自己很幸福，六花當然陪在我身旁。

星期六。

我直到最後一刻，還在猶豫到底要不要戴假髮，最後還是戴上假髮出門。

我對別人好奇的眼光已經習以為常，但讓田陽地也跟著受罪就太可憐了，而且也希望田陽地覺得我外形還不錯，即使是戴上假髮後不再真實的我。

幾乎兩個星期沒有戴的假髮感覺有點重，我用手梳理了一下，盡可能讓假髮看起來更自然，但胸罩就真的不想穿了。

將近十二點時，田陽地來接我們，我和六花坐在輕型汽車的後車座。他的車子的確有點舊，再怎麼恭維，也無法說是漂亮的車子，但我覺得這輛車反而很適合自稱是農夫的他。

我們去碼頭附近新開的義大利餐廳吃了披薩。吃完披薩後，田陽地帶我去位在小島另一端的現代美術館。雖然是星期六，但幾乎不見觀光客的身影，安靜的感覺令人心曠神怡。無論走到哪裡，都可以看到大海，也都可以看到檸檬閃著光芒。

風很溫柔，陽光很刺眼，我感受著活著的感覺。雖然我想告訴田陽地很多事，雖然感情以光速掠過心頭，我卻無法用言語表達。所以，我只能盡情地笑，盡興地歡笑，希望田陽地能夠領會到我內心的感謝，也希望六花能夠感受到。

離開美術館後，我們又繞小島半周，然後經過一座很長很長的橋，前往隔壁那座島。沿途的風景也美不勝收，簡直就像是通往天堂的一條漫長的路。

「太好了。」

車子行駛在橋上時，我情不自禁地說，心想著即使田陽地沒有聽到也沒關係。

「入住獅子家園真的太好了。我現在超幸福。」

田陽地可能真的沒聽到，他什麼也沒說，只是緊緊握著方向盤。

他把自己釀製的葡萄酒送去幾家餐廳後，又沿著那座很長很長的橋回到了檸檬島，然後停好車，走進位在神社神道上的一家咖啡店。那家咖啡店原本是公所，改裝成目前這家可愛的店，而且六花也可以進入咖啡店。

吧檯上排放著各種不同種類的柑橘類，每次看到黃色，心靈的夜空中就多了幾顆閃耀的星星。

「妳要不要喝一點？我會負責把妳送回獅子家園。」

那裡也有賣田陽地釀的葡萄酒，可能因為我露出了渴望的眼神，田陽地貼心地對我說。

咖啡店的工作人員給了六花一顆蘋果，牠欣喜若狂。六花無論去哪裡都很討人喜歡。

我接受了田陽地的好意，點了一杯紅葡萄酒，而且我覺得肚子有點餓了，於是也點了巧克力布朗尼。田陽地則點了一杯柑橘類的現榨果汁。

「你怎麼會想到要釀葡萄酒？」

我把手伸到特地搬到我旁邊的煤油暖爐前問道。今天一整天，我都很想問這個問題。

「雫小姐，妳冷不防丟了一個直球過來。」

田陽地苦笑著。

但是我來日不多了，沒有時間投變化球玩耍。

「種葡萄的每一項作業都超樸實，像是耕地、種植幼苗、驅蟲，雖然需要摘芽，但種植葡萄基本上取決於陽光、雨水和風。人類能做的事很少，只是在一旁默默守護，當然，收成的時候只能人工採摘。釀造這件事其實也只能交給大自然，如果想釀某種葡萄酒，是否能夠靠人的力量做到？答案是完全沒辦法。老實說，必須實際釀造，才有辦法知道結果。總之，大自然太偉大了，人類的力量很渺小。」

田陽地這麼說道。

他點的現榨果汁似乎比想像中費工夫，我們面前仍然什麼都沒有。

「我的工作基本上就是守護而已。當我覺得不對勁時，當然會出手，其他時候基本上都交給大自然，沒想到最後釀出了令人驚訝的葡萄酒。我覺得葡萄酒具備了一種神奇的力量，只要喝一口，就可以改變喝的人的人生。」

這時，飲料才終於送上來，我和田陽地乾了杯。

雖然我完全不懂葡萄酒，但田陽地他們釀造的葡萄酒好喝得不得了。起初有一種緊實感，但喝著喝著，好像花瓣開始慢慢綻放，喝完最後一滴時，心田變成了綻滿鮮花的花海。

「啊，的確有流淚，太好了。」

田陽地說道。

我用手指摸了摸眼角，以為自己情不自禁流下了眼淚。

「對不起，對不起，不是在說妳，我是說杯壁上的眼淚。」

田陽地見狀，連聲向我道歉。

我更加聽不懂他在說什麼，目瞪口呆地看著他。

「因為工作的關係，所以忍不住會很在意這件事。妳看，這裡不是可以看到葡萄酒滴落的痕跡嗎？我們稱它為酒淚，可以藉此觀察葡萄酒的酒精濃度和甜度。」

田陽地說完，接著把葡萄酒杯拿到燭光下，讓我可以清楚看到酒淚。

「如果是口感清爽的葡萄酒，幾乎不會留下酒淚，但濃醇的葡萄酒就會清楚地留下痕跡，簡直就像大哭過一場。」

他把杯子放回我面前時說。

「我喝的時候完全不知道這些事。」

葡萄酒竟然會流淚，感覺有點浪漫。

我用叉子切下一小塊巧克力布朗尼放進嘴裡，閉上眼睛，在嘴裡細細品嚐，然後又喝一口葡萄酒。

「田陽地，有你的味道。」

重複了幾次之後，我如此說。

我說的這句話並沒有特別深奧的意思，但他突然聽到我叫他的名字，臉一下子紅了起來，最後連耳根都紅了。我忍不住反省，自己是不是說了什麼失禮的話，但我說的是實話。

杯子中的紅葡萄酒耿直純潔而溫柔，有陽光的溫暖和大地的堅強。簡直就是田陽地的寫照，他的人生完全符合他的姓氏。

因為我還想和田陽地待在一起，所以轉動著葡萄酒杯，把玩著剩下未喝完的葡萄酒。

也許是因為冬至已過的關係，日照時間似乎變長了。

一個爺爺推著推車，慢慢地、慢慢地走過一片老舊的街景。身穿運動衣的中學生騎著腳踏車超越了他。咖啡店內從剛才就播放著寧靜的鋼琴曲，田陽地用手指敲打著節奏。

和他的身體相比，他的手指顯得很粗，關節也很粗大，一看就是在大地耕耘的人的手。只要看著他的手掌，我就喜不自勝，只有時間像細毛般飄啊飄，輕盈地流逝。

「前面有一座很棒的神社，歷史很悠久，那裡有一棵樹齡三千年的樟樹很值得一看。另外，附近有一個泉質很有趣的溫泉，或者去我很喜歡的海灘，現在的時間應該還來得及。」

田陽地等我喝完最後一口後說道。

我當然不好意思說，我全部都想去。

「雖然對每一個地方都很好奇，但如果要挑選一個，我要選海灘。」

我想去美麗的海邊用力深呼吸。

「那我們現在就去看海。」

田陽地說完，立刻站了起來。乖乖地趴在地上的六花聽到這句話，猛然起身抖動著身體。

結完帳走出咖啡店，淡淡的暮色籠罩了天空。

「哇，好像粉紅葡萄酒的顏色。」

我情不自禁地說。

「真的欸，澀味和甜味維持了絕妙的平衡。」

田陽地小聲嘀咕，臉上露出了好像真的在品嚐粉紅酒的表情。

開了五分鐘的車，就到了海岸。

沿著一條毫無人煙，幾乎會令人感到不安的小路往前，一片寧靜的大海呈現在眼前。海岸勾勒出緩和的弧度，宛如上帝張開雙手擁抱入懷。一艘破落的船在海面上載浮載沉。

一打開車門，六花就猛然衝下車，直奔大海。

「這裡的地上看不太清楚，如果妳不介意，可以扶著我。」

一走下車，田陽地就伸出手臂。機會難得，我挽著他的手臂走路。可能剛退潮不久，沙子都濕濕的，地上有許多海藻、玻璃和貝殼。

走到海邊，我鬆開了田陽地的手。有幾顆星星在天上眨眼，彷彿咬著嘴唇，拼命忍著淚水。

「會不會冷？如果妳不嫌棄，這條圍巾借妳。」

田陽地關心我的身體，把他的圍巾借給了我。

「謝謝。」

我坦然接受了他的好意，把仍殘留著他體溫的圍巾繞在自己的脖子上。

「整個人都暖和起來了。」

我眺望著幾乎融入黑暗中的島嶼說道。

船隻靜靜地在海上航行，我蹲在地上看著大海。

「瀨戶內的人每天都看著這片平靜的大海長大，性格才會這麼溫和。」

如果繼續沉浸在這片寂靜中，我可能會對田陽地產生邪念，所以必須說點什麼阻止這種感情。

「我搬來這裡之後，和以前相比，可能也不太發脾氣了，所以我想應該是因為這片大海，或者說是瀨戶內的氣候關係。」

「原來你也會發脾氣。」

我感到很意外。

「我也會發脾氣啊！我原本脾氣很暴躁，或者說對事情的看法很悲觀。」

田陽地在說話的同時，蹲在我身旁。

「但在釀酒之後，我發現幾乎所有的事都無法如自己的意，即使生氣，即使發怒，也只是傷害對方，自己也很累，有害無益。我做了目前的工作之後，脾氣的確變好了。」

「是啊！我一開始也對自己的疾病很生氣，應該說是憤怒。覺得為什麼自己老是抽到下下籤？」

我告訴他這件很少向別人提起的事。

我對自己生病感到生氣，另一個自己又對這樣的自己感到生氣。但無論再怎麼生氣，無論再怎麼拼命跺腳，大動肝火，把所有絨毛娃娃丟向牆壁，放聲大哭一整晚，也無法解決任何問題。非但無法解決任何問題，事態只會越來越嚴重。

我不再無謂地掙扎後，才能夠看著美麗的大海，療癒自己的內心。仔細一想才發現，是最近才能做到的事。

「我可以拜託你一件事嗎？」

這件事絕對只有現在才能說出口。我這麼想，所以開口問他。

田陽地默默靜聽我說話。

「等我死了之後，我希望你來這裡，對著天空向我揮手，而且希望你帶著六花一起來，我也會努力向你揮手。」

我盡可能用開朗的聲音繼續說道，以免他陷入感傷。

「我有一點點期待，不知道自己死了之後會變成什麼樣，這不是嘴硬不服輸。因為我對靈魂出竅啦，那個世界啦，還有天堂和花田都很好奇；但同時也對自己到底會變成什麼樣，仍然有一絲不安。如果走的時候，有一些樂趣，或許可以稍微消除這種不安。」

「樂趣？」

「對，死了之後的樂趣。獅子家園現在也有很多樂趣，就像是為了讓馬向前奔跑，在牠面前吊了胡蘿蔔一樣。比方說，早餐的粥，午餐的自助餐，和晚餐的三菜一湯，還有星期天的點心時間。雖然好像全都是食物相關的事，但獅子家園到處都是這種胡蘿蔔。同樣的，如果死了之後也有樂趣的話，會有一種得到救贖的感覺，就會走向這個方向，或者說想要感受這種樂趣，所以繼續向前走。如果你願意和我約定，會在這個海岸向我揮手，而且還會帶著六花一起來，那就是我的胡蘿蔔。一想到前方還有這個樂趣，就有點興奮。」

我在說話時，祈禱著他能夠稍微體會我的這種想法。

「好啊！一言為定。」

田陽地好像對著星星發誓一樣，而我相信他一定會遵守約定。

「但是，要在什麼時候向妳揮手呢？」

他問了具體的問題。

「對喔！要決定這件事。」

我回答道。

如果不說好什麼時候揮手，他就必須一直站在這片海岸上向我揮手。

「那就定在我死後第三天的傍晚，你覺得怎麼樣？」

如果約一個星期後，好像太久了，隔天又有點太倉促了，所以就提議了中間值的死後三天這個日期。

「我知道了。」

「那就拜託了。」

我倏地站了起來，田陽地也站在我身旁。

海浪向大海後退。

好像會把我也一起帶去大海的遠方。

這時，我突然很想接吻，連我自己都覺得有點莫名其妙，雖然並不是和誰接吻都沒有關係，但也不完全是只想和田陽地接吻。只是這一刻，我迫切希望別人的溫暖堵住我的嘴唇，我已經忍不住了。

我把臉湊近站在身旁的田陽地的臉，親吻了他。第一次和對方出遊就接吻，而且還是自己採取主動，我人生中從來不曾有過這樣的經驗。

我用雙手捧著他的頭和臉，盡情貪婪著他的嘴唇。當我回過神，發現就像獅子在狼吞虎嚥獵物的內臟般吸吮著他的嘴唇。

我自己也完全搞不清楚是怎麼回事，也不知道結束之後該如何向他解釋，但現在只能這麼做。如果不經過這一點，就無法繼續走向任何地方。

從中途開始，田陽地也像我一樣吸吮我的嘴唇，我們就像在吸吮甜美的花蜜般吸著彼此的嘴唇。

田陽地流著淚，我應該也哭了。

雖然不知道接吻了多久，我覺得差不多了，於是靜靜地離開了他的臉。

「謝謝。」

我找不到除此以外該說的話。

田陽地不發一語，他什麼都沒說，只是緊緊抱住了我。

他的心臟就在眼前跳動，真希望人生可以在這裡畫上句點。雖然我這麼希望，但天空慢慢暗了下來，世界充滿了黑夜的氣息。

「六花！」

田陽地大聲叫著。我太沉醉在和他的接吻之中，忘記帶了六花一起出門這件事。

幾秒鐘後，六花就像流星一樣從海岸的角落跑了過來，然後跳到我身上。牠的嘴巴和腳都沾滿了砂子，一次又一次跳到我的身上，似乎想要我陪牠玩。

「謝謝妳陪了我一整天。」

回到車上，田陽地發動引擎時對我說。

「這是我該說的話，真的很感謝你。」

田陽地聽了我的話，低頭向我鞠了一躬。

「要不要找個地方吃晚餐？」

他把車子開出去後，看了手機上的時間問我。現在已經超過五點半了。

「我還是回家好了，更何況也沒帶六花的晚餐。」

我很心動，但還是發揮堅定的意志說道。

我刻意省略了「獅子」和「園」，只說回家。對我而言，獅子家園就是我的家，身心都理所當然地認為那裡是歸宿。

「也對，大家都公認那裡的餐點是整個島上最好吃的。」

車子以逆時針的方向沿著島嶼外側一周的道路開回獅子家園。出門整整半天，我有點累了，我想回家好好沖個澡。

剛才喝了葡萄酒，再加上車內開了暖氣，兩者發生了相輔相乘的效果，讓我的眼皮變得很沉重。和田陽地接吻的事好像是在遙遠的世界，甚至像在前世發生的事。

六花躺在我的大腿上熟睡著，不時發出鼾聲。我努力睜開眼睛，不時和他說話，以免田陽地以為那是我在打鼾。但事與願違，我忍不住昏昏欲睡，腦海中浮現和爸爸一起出門回家的路上，在車子上的景象。

窗外是夜晚的世界，脖子上的圍巾散發出田陽地的氣味，有那麼一剎那，我陷入了如同昏厥般的沉睡。

「到了。」

我睜開眼，發現已經來到獅子家園門口。再次向他道謝，然後才下了車，我把圍巾折好後，放在後車座。

「我會再去葡萄園玩。」

雖然我無意把剛才的接吻當作沒發生過，但我們之間的關係因此急速進入另一個境界也不切實際，所以我決定還是和以前一樣造訪他的葡萄園。

因為我喜歡從那裡看到的大海。

而且我也有一點喜歡田陽地。

「那就改天見。」

我相信田陽地也和我有同樣的心情。

我和六花站在一起揮手，直到他的輕型汽車消失。

當我轉身準備走進獅子家園時，看到了那個景象——

玄關前的大蠟燭點亮了，風一吹，周圍的影子都用力扭動起來，宛如火焰本身也有感情，正在訴說些什麼。

這是我來獅子家園後，第一次看到蠟燭點亮。

我們這些入住獅子家園的末期病患都被稱為客人，當客人去世後，玄關的蠟燭就會點亮二十四小時，客人的屍體會從正門移去火化。如果在醫院去世，情況就不同了，屍體會悄悄從後門搬出去，避免被人看到。

我在來這裡之前，收到的獅子家園簡介上說明了這件事。

我脫下鞋子，走回自己房間時，瑪丹娜迎面走來，她似乎從我臉上的表情中察覺了什麼。

「大約一個小時前，老闆啟程上路了。希望他在天堂過著幸福的生活。」

一個小時前，正是我和田陽地在海邊的時候。

「雫小姐，妳要向老闆告別嗎？」瑪丹娜輕輕摸著我的後背。「要不要向他告別都沒有問題，看妳想不想。」

「……我要向他告別。」

我想了一下之後回答。

「那我陪妳去老闆的房間，我相信老闆也一定會很高興。」

這是我有生以來第一次近距離看已經安息的人，還沒有做好心理準備。

他生前泡咖啡使用的道具都整齊地排放在他身旁，看起來就像是一起趕來為他送終、陷入悲傷的老朋友。

「老闆，謝謝你的美味咖啡。」

我小聲地說，除此以外，我想不到該說什麼。

老闆躺在床上，一身盛裝，和上次一樣，領口打著領結，好像隨時會坐起來請大家喝咖啡。

他的雙手握成漂亮的形狀放在腹部。我把手指輕輕放在他的手上，感受到涼涼的溫熱，有點像慢慢恢復常溫的保冷劑。

「你辛苦了，安息吧！」

我對著他說，閉上眼睛，合起了雙手，然後走回自己的房間。保冷劑的感覺一直殘留在指尖。

拿下假髮，頓時感到全身疲憊。白天時那麼開心，充分感受了幸福，發出很多很多的歡笑，但都已經被沖到遙遠的海洋，我越是伸手想要抓回來，它們反而消失在遠方的海浪之間。

渾身懶洋洋，我整個人趴在床上，我無法阻止霧靄籠罩內心，而且越來越濃，讓人無法忽略它的存在。

我也會死，早晚也會像老闆一樣躺在那裡動不了。

一想到這件事，就覺得目前所做的一切都沒有意義，這種想法幾乎摧毀我的思考回路。我感到窒息，無法呼吸，狂風暴雨再度在內心翻騰。

「別太過分了！開什麼玩笑！」

在主治醫生告訴我還剩下多少日子時，我從醫院回到家，沒有換衣服，就整個人倒在床上。

我對自己在不久的將來離開人世這件事，還沒有產生明確的恐懼，但是，對於至今為止咬牙忍受的所有治療都是徒勞的現實感到怒不可遏。

當初是因為相信可以治好，相信主治醫生的話，相信希望，相信未來，才忍受了那些痛苦。

「早知道一開始就不要治療！」

我對當初決定接受抗癌劑治療的自己怒不可遏。到頭來，我只是在傷害自己的身體，完全沒有任何幫助，反而減損了壽命。早知結果如此，一開始就不該接受抗癌劑的治療，我對膚淺地抱著一線希望的自己感到生氣。

我下了床，抓起桌上吃到一半的吐司麵包，用力丟向牆壁。

「當我是白癡嗎？」

手掌上沾滿了果醬和奶油。去醫院前，烤了麵包吃，但胸口發悶，幾乎吃不下。我很想去喜歡的麵包店買更好吃的麵包，但為了支付醫藥費和生活費，只能買超市的便宜麵包。

愚蠢如我，那時候還抱著一絲期待，想像著癌細胞消失變成現實，陷入了好像吃完甜點後的陶醉。

「把我的人生還給我……還我健康的身體！」

丟了吐司麵包還不解氣，我順手拿起旁邊的絨毛娃娃用力丟向牆壁，使力砸向地上。

一歲的聖誕節時收到的娃娃花子。兩歲的聖誕節時收到的蝴蝶小飛。三歲的聖誕節時收到的青蛙蹦太。四歲的聖誕節時收到的老鼠啾吉。五歲的聖誕節時收到的貓熊倫倫。六歲的聖誕節時收到的無尾熊小惠。七歲的聖誕節時收到的神秘動物X。八歲的聖誕節時收到的企鵝銀太。九歲的聖誕節時收到的白熊大熊先生。十歲的聖誕節時收到的豬瑪麗。十一歲的聖誕節時收到的樹獺咕咕。十二歲的聖誕節時收到的海豚奇奇。

我繼續用腳踩，用手撕開散落在地上的絨毛娃娃。扯下小飛的羽毛，扭斷青蛙蹦太的腿，把啾吉的眼珠子挖了出來，把倫倫一次又一次丟在地上。

我虐待這些絨毛娃娃，如果它們會出聲的話，一定發出了震耳欲聾的呻吟和慘叫。

但是，我只能這麼做，只能用這種方式發洩內心像猛獸般撒野的感情，我完全就是遷怒於絨毛娃娃的笨女人。

小惠的耳朵被扯了下來。X像遭到嚴刑拷打般劈開雙腿。銀太的兩個翅膀都被拉斷了。大熊先生和瑪麗縫得很牢固，完全扯不下來，於是我把它們從窗戶丟出去。然後一次又一次毆打咕咕的身體。把奇奇破損部分的布撕開，把裡面的棉花拉出來。

我厭惡這樣的自己，很沒出息地哭了起來。

我很清楚，即使遷怒於絨毛娃娃，也無法解決任何問題。因為我只剩下一條路可走，其他的路都封閉了，禁止通行。我只剩下接受自己狀況這個唯一的選擇，無論怎麼掙扎，無論捶胸頓足，我都只能走這條路。

深夜，當心情終於平靜後，我下樓去撿大熊先生和瑪麗。從外面的樓梯抬頭仰望夜空，看不到一顆星星。大熊先生卡在盆栽上，瑪麗仰躺在路旁，幸好它們身上沒有被人踩過或是踢過的痕跡。

我把大熊先生和瑪麗抱在胸前，走到沒有路燈的地方，再次抬頭仰望天空。當我定睛細看，看到了一顆、兩顆、三顆星星在閃爍。雖然沒有滿天的星星，但這是大熊先生和瑪麗讓我看到的特別星空，剛才我只是沒有仔細看，但其實星星一直都在那裡。

只要我在夜空中努力尋找，一定可以找到照耀我的那顆星星。

每一件事都有意義。大熊先生和瑪麗異口同聲地對我說。

罹患癌症後，我才發現健康的寶貴，金錢的寶貴，和周圍有朋友的支持是多麼寶貴。我的確是在罹癌之後，才發現以前認為理所當然的事物，是多麼的珍貴。

「對不起。」

我反省了過去那個整天詛咒命運的自己，然後想要向上天表達感謝，這份感謝近似對自己目前還在這裡活著這件事深沉的祈禱。

回到家裡，拿出針線箱，修補這些受了傷的絨毛娃娃。我已經很久沒有拿針線了，雖然無法讓它們恢復原狀，但我仔細縫補，努力讓它們恢復以前的樣子。

就在我在縫補的時候，回憶起許多往事。

每次當我襯衫的鈕扣掉落，或是襪子、厚褲襪腳尖破洞時，爸爸經常像這樣為我縫補。我以前向來都覺得既然他是爸爸，那就是理所當然的事，但現在才知道，一點都不理所當然。

爸爸明明工作很累，卻早起為我做便當；經常為我曬被子，讓我睡得很舒服；當我感冒時，他整夜不睡照顧我。所有這一切，都不是理所當然。

想到這些事，不禁淚流不止。爸爸永遠都是我的太陽，用無償的愛帶給我許多養分。爸爸也同時是我的城堡，保護我不受到各種負面的攻擊。爸爸在養育我的同時，努力工作，用工作賺來的錢買了這些絨毛娃娃送給我，卻被我糟蹋得面目全非。

如果爸爸看到，一定會傷心落淚，所以我花了一整晚把被我破壞的絨毛娃娃全都修補好。

黎明時分，我終於累得睡著了，將近中午才醒過來。絨毛娃娃都坐在沙發上，我曾經那麼虐待它們，但它們都對我露出笑容。

當我發現了它們的溫柔時，我豁然開朗，認為不能帶著這種荒涼的心走完人生。

不，我是領悟了。

狂風暴雨再度來襲，我差一點遇難時，六花拯救了我。

牠可能是在催促我給牠吃飯，拼命搖著尾巴，用力拍打地板，等待我抬起頭，就像拳擊賽的裁判在計算選手站起來的時間。

「對喔！因為還活著，所以肚子很餓。小雨還活著，六花也還活著。」

認真想這件事，就覺得很了不起。

我戴上毛線帽，來到走廊上。食堂內空無一人，正在廚房的縞婆婆看到我，為我加熱了晚餐，也為六花準備了親手做的狗食。我請縞婆婆減少飯的分量，說了「開動了」之後，和六花一起開動。

今晚的菜餚是短爪章魚關東煮，十六穀米的米飯，三碟小菜中的其中一碟是胡麻豆腐。我來這裡已經吃了三次，入口即化的胡麻豆腐漸漸成為我的最愛。

我在吃晚餐時，縞婆婆走到我的桌子旁，在我面前的椅子上坐了下來。以前從來沒有發生過這種事。我仔細觀察縞婆婆的臉，發現即使她沒有笑，臉看起來也好像露出了溫和的笑容。縞婆婆可能看到我一個人吃飯，所以特地坐在這裡陪我。

「謝謝妳每天都做這麼好吃的菜。」

我用筷子夾起短爪章魚，向她鞠了一躬。

縞婆婆和舞婆婆做的餐點，具備了只有歷經歲月洗禮的人才能夠孕育的獨特豪邁，她們應該花了很多時間和工夫料理每一餐，卻從來不提自己的辛苦，總是面帶笑容。

我默默開始吃飯。短爪章魚內有滿滿的卵，用高湯的湯汁煮得很入味。我想像著這個短爪章魚在瀨戶內海舒服地漂來漂去的樣子，仔細品嚐著章魚的味道，發自內心感謝章魚奉獻了自己的生命。

縞婆婆為了我一個人，特地重新加熱嗎？我用筷子夾開好像晶瑩剔透肌膚般的蘿蔔，蘿蔔冒著熱氣。看到這一幕的瞬間，我的淚水忍不住奪眶而出。**我是怎麼了？難道熱氣的溫暖滲進了我沒有意識到的內心深處，刺激了我的心嗎？**

我邊哭邊吃晚餐，縞婆婆起身走回廚房，然後又在我面前坐了下來。我以為她看到我哭了，去拿面紙給我，但我想錯了。

縞婆婆和我對上眼時，對我露齒一笑，她的門牙上黏了海苔。

噗哧。我忍不住笑了出來。

噗噗噗噗噗。我差一點像新加坡的魚尾獅一樣，把嘴裡的食物噴出來。

妹妹舞婆婆平時就很活潑，但縞婆婆向來都不多話，沒想到她竟然在門牙上貼了海苔搞笑。**她知道自己現在的臉有多好笑嗎？**

「既然還活著，就要帶著笑容吃美食。」

縞婆婆對我這麼說。

是啊！我正想這麼回答，卻又流下了感慨的淚水。

「但是我看到老闆去世了，要怎麼說……我感到很不安。」

我回想起老闆陷入長眠的表情，和保冷劑的感覺，費力地擠出聲音。

「我每天在這裡煮飯時都在想，上天決定了我們的命運。因為無論生死都無法自己決定，所以只能在死之前好好過日子。」

縞婆婆對我說道。

「是啊！無論自己再怎麼掙扎，也無法決定自己的生命，只能交給上天。」

我在說話時，稍微打起了精神。

關東煮裡的白煮蛋顏色很漂亮，我沾了許多湯汁後送進嘴裡。

「好幸福。」

這句話脫口而出。

「車到山前必有路。」

縞婆婆也說了和田陽地同樣的話。

「嗯，船到橋頭自然直。」

縞婆婆聽到我這麼說，露出可愛的表情微笑起來，門牙上仍然沾著海苔。

雖然沒有喝葡萄酒，晚餐也沒有吃很多，但我靜靜地感受著滿足。

生命總有一天走到盡頭，那就在盡頭之前，充分享受自己的人生。

在我吃完晚餐時，有了這種樂觀的想法。

「你們知道可麗露這種糕點嗎？可麗露是法國古代流傳下來的糕點，正式的法國名稱是 cannelé de Bordeaux，是葡萄酒的知名產地波爾多的波爾多聖母修道院發明的糕點。以前，波爾多地區使用蛋白去除葡萄酒中的雜質，於是有了大量蛋黃，就有人想到了利用這些剩餘的蛋黃來製作可麗露。可麗露中使用的蘭姆酒和奶油都從外國進口，因為波爾多當時是繁榮的港口。

我在大學剛畢業那一年，存了一些錢，走訪了歐洲各國。這是我人生中第一次出國旅行，而且是一個人旅行。我原本打算在大學畢業後，從事餐飲相關的工作，但我的父母極力反對，最後只能很不甘願地進入了銀行，所以那次的歐洲旅行充滿了我想要歌頌最後自由的氣概。因為我是窮學生，沒辦法奢侈享受，於是就住在便宜的民宿，去許多餐廳嚐鮮。雖然稱不上戀愛，但那時還認識了一個和我年紀相仿的法國女生，一起共度了好幾天，留下了甜蜜的回憶。

那次的旅行，我在巴黎的咖啡廳吃到了可麗露，立刻為之驚豔，簡直太好吃了。那當然是我這輩子第一次吃可麗露，我覺得那是在日本吃不到的成熟味道。當時我就在內心暗暗發誓，以後自己也要開店當老闆，要成為一個咖啡店的老闆，泡出能夠襯托這種可麗露的咖啡。

三十五歲時，我認為時機終於成熟，便辭去了銀行的工作，開了咖啡店。我的父親已經離開人世，而我母親也不再反對，因為我在銀行工作時已經小有成就，所以母親也接受了我的決定。我在老家附近看到有一間店鋪要出租，就在那裡開了一家咖啡店。之後，我的人生中就只有咖啡。

在思考人生最後的點心要吃什麼時，我的腦海中立刻浮現出在學生時代最後一次旅行時吃到的可麗露。雖然近年來，日本也可以吃到可麗露，但我至今仍然沒有吃過比我當年吃到的更好吃的可麗露。當時的可麗露激勵了即將成為銀行員的我不要放棄希望，要繼續懷抱夢想。可麗露彷彿是我人生中的第一顆星星。」

瑪丹娜朗讀到這裡，突然停了下來。即使不說明，大家也都知道這篇文章是誰寫的。

老闆寫這篇文章時，似乎已經預料到他這一天已經不在人世了。

我回想起老闆昨天躺在床上的面容，發自內心地認為老闆堅定地貫徹初衷的生活方式令人稱羨。

可麗露出現在我的眼前，放在白色盤子中的糕點好像被煙燻過，表面發出淡淡的光澤。

希望你在天堂也過著幸福的生活。

我為老闆祈禱後，伸手拿起可麗露，然後用雙手輕輕捧在手心，好像捧著一尊小佛像，可麗露還有一點溫熱。

我端詳著可麗露好像將皇室家徽菊花紋章立體化的美麗外形，用手指撫摸著好幾條凹槽，似乎可以聽到凹槽奏出了美麗的音色。我盡情欣賞之後，將可麗露掰成兩半，然後撕下一小塊放進嘴裡，嘴裡立刻吹起了甜蜜的微風。

可麗露的外側香脆，內部像軟毛般柔軟，很想來一杯老闆泡的咖啡，兩者絕對相得益彰。但是，老闆已經無法再為大家泡咖啡了，送上來的是清澈的暗紅色紅茶，就像以前和爸爸牽手一起欣賞的美麗夕陽的顏色。

大家靜靜地吃著可麗露時，負責製作點心的舞婆婆一如往常的開朗聲音傳了過來。

「可麗露很難做。首先，我從來沒有吃過好吃的可麗露，不知道要做成什麼樣才算好吃，所以傷透了腦筋。最後是瑪丹娜告訴我，什麼才是好吃的可麗露。要把外側烤得焦脆也不容易。如果放進烤箱時，烤箱的溫度不夠熱，就無法烤出這種焦香的顏色，而且外側也會變得軟趴趴，但如果一直維持高溫，就會徹底烤焦，所以費一點工夫才能烤得恰到好處。」

我聽著舞婆婆的說明，心不在焉地想著：**在這裡，死亡已經很自然地溶**

入了日常生活。如果遇到客人去世，就深受打擊，痛哭流涕，根本無法正常工作。

我看著聚集在點心室一起吃可麗露的工作人員臉上的表情，知道他們並不是不難過，但眼淚不是表達悲傷的唯一方法。

那天晚上，武雄爺爺也走了，玄關的蠟燭再度點亮。

昨天和今天，連續告別了兩位客人。雖然我並沒有機會和武雄爺爺、老闆深聊過，但我們都在獅子家園走完人生最後一段路，所以我們是朋友，是戰友，也是家人。

入夜之後，和六花一起躺在被子裡，想起老闆泡咖啡時嚴肅的表情，和武雄爺爺注視著豆花的平靜眼神，忍不住淚如雨下。

來到獅子家園後，我第一次失眠了。

不知道是否因為沒睡好，身體感覺懶洋洋。幾天前，和田陽地一起出門開車兜風這件事也變得很不真實。

我和瑪丹娜聊起失眠的事，在她的建議下，接受了幾種治療。

瑪丹娜是經營這個安寧療護院的護理師，和安寧療護的專業醫生合作，為病人採取適當的治療措施。瑪丹娜為入住這裡的客人在身心上都提供了很大的支持，我認為她沒有穿護理師的衣服，而是穿女僕裝，也許就是表達她要款待我們這些客人的心意。

瑪丹娜告訴我，疼痛有兩種：一種是身體的疼痛，另一種是心理上的疼痛。如果不同時消除身體的疼痛和心理上的疼痛，就無法迎接幸福的臨終。

安寧療護院就是協助客人緩和身心疼痛的地方。當初我也是因為不想痛苦地死去，所以才選擇入住，因為我不想再承受更大的痛苦。

入住獅子家園後不久進行會診時，我已經明確把這件事告訴了瑪丹娜和其他負責照護我的所有人。

當事人和周圍的工作人員會協助我平靜地迎接死亡，即使稍微縮短一些壽命也無妨，而檸檬島上也有許多志工會提供協助。

星期三下午，為我進行音樂治療的海鷗就是其中一名志工。

「很高興認識妳！」

海鷗精神抖擻地走進我的房間。她很漂亮，豐滿的唇形令人印象深刻。

我躺在床上迎接她。那天，我從早上開始就覺得渾身很疲累，所以一直躺在床上，六花也一直陪在我身旁。

「妳好，請多指教。」

我在說話時，聽到自己的聲音好像一陣寒風掃過，不禁打了一個寒戰。

「雫小姐，如果妳覺得說話很累，不需要勉強自己回應。音樂治療時，有九成都是我一個人在說。我以前在舞台上表演，經常要對著觀眾說話，一個人說話也沒問題。」

海鷗用響亮的聲音對我說。

她從吉他盒中拿出原聲吉他，在調整琴弦的音階時，娓娓說起自己的過去。她應該曾經在很多客人面前訴說自己的故事，所以口若懸河，侃侃而談。

海鷗說，她以前曾經是偶像歌手，而且剛好和我同年。

「我在十三歲時離開了這座島。我從小就很會唱歌，所以東京的一家演藝經紀公司找我過去，並成為唱片公司的偶像歌手踏入了歌壇。出道時的第一首歌，不時可以在電台中聽到，但之後就越來越賣不動了，我還去 Live house 唱歌。

我從十三歲開始就有了經紀人，生活在大人的世界，在二十歲左右時，覺得自己已經經歷了人生的酸甜苦辣。我出道實在太早了，第一首歌稍微有點走紅，就自以為了不起，以為掌握了成功的模式，沒有繼續成長。我相信那些把我捧在手心的大人說的話，完全變成一個傀儡。因為嚐過成功的滋味，雖然現在回想起來，那根本稱不上成功，卻因為有那一段經驗，所以變得很固執，只願意聽那些諂諛的人說的話，眼裡只看到一部分喜歡偶像路線的歌迷。這是大部分人都容易落入的陷阱，我也不例外。

雖然我用了各種方法試圖擺脫那種困境，但成績直線下降，那些整天說我很可愛、說很喜歡我的歌迷，也漸漸不再光顧 Live house。現在回想起來，就覺得並不意外。因為他們喜歡的是年輕女生，除非姿色很出眾，否則他們當然對四捨五入已經三十歲的偶像不屑一顧。在三十歲之前，我還是很希望能夠走音樂這條路，所以繼續表演活動，同時還要打工兼差。那時候，我和唱片公司之間的合約已經到期，也被趕出經紀公司，必須靠自己養活自己。

就在這時，我奶奶突然病倒了，於是我慌忙回到島上。奶奶很喜歡聽我唱歌，所以我就在她的床邊唱歌給她聽，唱的都是小時候奶奶教我的歌，或是在洗澡時一起唱的歌。然後我想起了自己以前多麼喜歡唱歌這件事。我對能夠在奶奶床邊唱歌給她聽感到欣喜若狂。奶奶原本喘個不停，聽了我的歌之後，呼吸竟然平靜下來，臨終時還對大家露出了笑容，然後全家人一起為她送了終。

我終於想通了，即使不在大城市的舞台上，我也可以唱歌，只要我感到幸福就夠了。在奶奶做完尾七之後，我拿著手上所有的錢去美國攻讀音樂治療師的課程。我的學歷只有中學畢業，也很不會讀書，但之前當偶像時，很認真地讀英文。所以目前回到老家，只要有需要，就會唱歌為客人進行音樂治療。我的故事說完了。」

海鷗爽快地這麼說完後，稍微降低了音量問我。

「有沒有什麼特別想聽的歌曲？」

雖然我平時會聽音樂，但並沒有到人生中隨時有音樂，從音樂中獲得力量的程度。我自己也不太會唱歌，所以不太知道所謂的流行音樂，而且從小到大，只去過KTV一、兩次。

我搖了搖頭，海鷗說她瞭解了，她會唱幾首自己喜歡的歌曲，請我聽聽看。她只為我一個人彈唱，雖然我不知道歌名，但都是曾經聽過的歌曲。

聽著海鷗的歌聲，我強烈地感受到，她是為了唱歌來到這個世界。或許，她無法成為成功的偶像歌手，但即使像我這種外行人，也知道她的歌喉不凡。她的聲音很宏亮，而且很獨特，並不是只有清澈或是可愛而已。她歌聲中複雜而又深奧的音色，好像加了很多香料。

我閉上眼睛聽她唱歌，彷彿開車行駛在異國一望無際的荒野上。我不知道是爸爸還是田陽地在開車，我坐在後座，看著車窗外的風景。

沒錯，以前和爸爸一起出遠門時，我也不是坐在副駕駛座上，而是坐後座。因為爸爸很體貼我，讓我只要累了，就隨時可以躺下來休息。爸爸開車隨時都會注意安全。

「接下來是催眠組曲，如果妳想睡，隨時都可以睡。」

她像是在唱歌般小聲對我說完，開始唱下一首歌。雖然是我第一次聽到的旋律，卻激發了我內心的懷念之情。

海鷗輕彈著吉他，緩慢地、靜靜地哼唱著催眠曲，我看著隆起的被子後方那片大海昏昏欲睡。大海今天也像寶石般閃著璀璨光芒，好久沒有這麼舒服地被睡魔攻擊了。耳邊響起海浪聲聲，一定就是田陽地帶我去的那片海灘時聽到的聲音。

我在即將進入夢鄉的入口，持續聽著海鷗的歌聲，在甜美感傷的歌聲包圍下，充分感受著淡淡的睡意。

海鷗用原音吉他彈出最後一個音符，世界被彩虹色的寂靜包圍。我緩緩坐了起來，正準備向她道謝。

「好聽，好聽，海鷗最棒了！」

門外的走廊上傳來了鼓掌的聲音。雖然有好一陣子沒見面，但我很確定那是粟鳥洲的聲音。

「粟鳥洲先生，你一直站在門口嗎？這叫偷聽喔！」

海鷗從椅子上站了起來，打開我的房門。粟鳥洲就站在門外，但臉色比我上次看到他時更差了。他的頭上仍然綁著頭巾，不知道是不是腹部積水更嚴重，他的肚子變得更大。

「粟鳥洲先生，」

海鷗似乎為了逗粟鳥洲開心，故意叫錯他的名字。雖然我們同年，但海鷗心胸很寬大，是個大器的女人，或者說充滿了服務精神。

「我正在練習你指定的歌曲，那首歌要一個人唱會有點難度。」

海鷗鎮定自若地把樂器收進盒子時說道。

「拜託妳了。」粟鳥洲鞠躬說，「海鷗，聽著妳的歌聲上路，是我最大的夢想。」

「我知道，所以我會盡最大的努力完成這項使命。」

海鷗背起吉他盒，準備走出我的房間。

「改天見。」

我對著她說。

「改天再見。」

海鷗也輕輕向我揮手回應。

雖然很難用具體的言語說明到底有什麼改變，但在接受音樂治療前後，內心已經沒有七上八下的感覺了。

雖然我很想充分表達內心的感謝，卻幾乎無法好好傳達給海鷗，讓我感到很愧疚。

◎◎◎

目前靠喝嗎啡葡萄酒克服身體的疼痛。

我在和田陽地一起去兜風後，開始喝嗎啡葡萄酒。起初我聽到嗎啡覺得很可怕，但想到是田陽地釀的葡萄酒，就化解了內心的恐懼。喝了之後，發現身體的疼痛竟神奇地消失了，渾身都感到很輕鬆。

嗎啡本身有少許苦味，但和紅葡萄酒一起喝，就不會覺得苦，晚餐也喝嗎啡葡萄酒，就可以帶著微醺輕飄飄的感覺上床睡覺。但是，日子一久，嗎啡葡萄酒漸漸失效，經常在半夜痛醒，也無法繼續入睡。

「雫小姐，妳想不想在夜晚期間變成睡美人？」

「睡美人嗎？」

「沒錯，是美人，但更重要的是，可以睡著的『睡』字。有一種夜間鎮靜法，在夜晚上床時間，使用安眠藥，維持高品質的睡眠。鎮靜，就是鎮靜劑的意思。晚上睡不好當然是因為身體疼痛，但也可能是由內心的不安引起的。不安就是胡思亂想，一旦滿腦子都是胡思亂想，就會導致失眠。妳現在不需要胡思亂想，所以強制身體進入睡眠，可以忽略這些胡思亂想。」

「會有什麼副作用嗎？」

我問道。

「並沒有明顯的副作用，時間一到，藥效就結束了，早晨起床時會感到神清氣爽，上午的精神就會很好。下午再接受各種治療法，消除身心的疼痛。妳覺得如何呢？」

瑪丹娜用一如往常的平靜聲音說道。

「這樣我又可以和六花一起去散步嗎？」

這幾天因為睡眠不足，渾身懶洋洋，無法帶六花出門散步。

「一定可以，我們一起努力。」

瑪丹娜難得露出了燦笑。

我遲疑了一下，問了我很關心的一件事。

「即使接受夜間鎮靜法，六花仍然可以和我一起睡嗎？」

「當然可以。」

我已經做好了如果她說不行，就拒絕接受夜間鎮靜法的心理準備，所以聽到她的回答，我有點洩氣。

「太好了，我只擔心這件事。」

「對妳來說，六花比嗎啡更有效，既然牠已經成為妳的治療犬，怎麼可能讓你們分開呢？你可以隨時和牠在一起。」

聽了瑪丹娜這句話，我突然感到渾身都有精神了。

「另外，」瑪丹娜今天似乎沒有很忙，我決定問她那件事。「我第一天來這裡的時候，妳不是給我一個自己做的小點心嗎？請問那到底是什麼？我一直很好奇。」

「妳覺得是什麼呢？」

「我起初以為是妳的母乳，但應該不可能有這種事，所以覺得應該是上天的母乳。」

我回答說。

「上天的母乳，這種說法太出色了。其實是牛奶，把牛奶放在火上一直攪拌，最後就會做出那個。」

瑪丹娜解釋道。

「要攪拌多久？」

「兩、三個小時。」

我聽了她的回答，忍不住感到頭暈眼花，我無法在鍋子前站那麼久，一直不停地攪拌。

「妳有沒有聽過這段話。由牛生乳，由乳生酪，由酪生生蘇，由生蘇生熟蘇，由熟蘇生醍醐，醍醐最上也。所謂酪，就是現在所說的優格，生蘇是鮮奶油，熟蘇是奶油，醍醐是第五個，也就是最後的味道，是由乳製成最頂級的美味。在佛教中，醍醐是最高妙的真理，醍醐味這幾個字也是由此而來。」

「總之，就是很棒的東西。」

我回應道，而且也終於瞭解了瑪丹娜當時對我說那句話的意思。我記得她當時對我說：**希望我可以在獅子家園盡情體會人生的醍醐味。**

「沒錯，這是很美妙的食物。」

瑪丹娜輕輕閉上了眼睛，似乎同意我的說法。

「我們暫時把晚上好好睡覺、早晨吃美味的粥，當作眼前的目標，希望妳可以期待明天早餐的粥品。雫小姐，妳要藉由充足的睡眠溫暖身心，然後隨時面帶笑容，度過一個美好的人生。」

她輕輕放在我肩膀上的手很溫暖。

夜間鎮靜法真的讓我隔天早晨醒來時神清氣爽。

六花在我身旁睡得很香甜。牠總是像拼圖片一樣，緊貼著我身體凹陷的地方。我們這樣緊貼在一起睡覺時，真的會覺得六花就是我生下的孩子。我雖然無法為人母，但藉由這種方式遇見六花，培育了友情和愛情。

嗎啡的化學構造和腦內啡很相似。腦內啡，是感受到喜悅和幸福時釋放出的神經傳達物質。所以，六花果然是我的嗎啡，不，是比嗎啡更有效，最頂級的醍醐。

當我坐起來後，六花也醒了，我們像每天早上一樣親暱廝磨，相互打招呼。這是六花在對我說：「早安！」同時用全身對著我高喊：**今天也要過得很快樂！**

洗完臉，覺得身體狀況不錯，所以難得自己走去食堂吃粥。

「看來妳昨晚睡得不錯。」

正在看報紙的瑪丹娜抬起頭說，她看起來有點睡眼惺忪。

這天的早餐是水果粥。

之前也有好幾次吃水果粥。大部分時間都是由縞婆婆煮早餐的粥，但偶爾由舞婆婆負責時，她就會調皮地用水果來煮粥。

上次的水果粥是用罐頭桃肉煮的桃子粥，今天早上的粥裡加了香蕉和腰果。每次煮水果粥，就會有人覺得好吃，有人覺得不好吃，我努力讓自己覺得好吃。事實上，桃子粥的味道還不錯，香蕉粥裡的香蕉熟得剛剛好，和柔軟的米粒也很融合，並不會覺得兩者很不搭。

我靜靜地吃著香蕉粥。

「釋迦牟尼因為斷食瘦得只剩下皮包骨時，就是吃了蘇伽陀的乳糜，也就是奶粥得到了頓悟。」

坐在斜前方的瑪丹娜緩緩開口說道。

「蘇伽陀？」

我記得蘇伽陀是一家販賣乳製品的公司，但瑪丹娜說的似乎不是這個蘇伽陀。

「蘇伽陀是為釋迦牟尼煮奶粥的牧女名字，但這個故事中重要的不是蘇伽陀，而是奶粥。」

「對不起，」我笑了笑，小聲道歉。「重點是釋迦牟尼因為吃了粥，所以才能夠頓悟。」

「沒錯，妳說的完全正確，所以粥是很出色的食物。」

瑪丹娜露出自豪的表情，好像她是為這個世界想出粥品的人。

「但是，」我突然想到一個疑問，於是問她，「如果蘇伽陀沒有給釋迦牟尼那碗奶粥，釋迦牟尼就無法頓悟了嗎？」

不知道這個問題是不是太蠢了，瑪丹娜露出困惑的表情仰頭看著天花板。

「我吃完了。」

她靜靜地說完，便起身收拾了自己的碗筷。

我的身體比昨天輕鬆多了，這樣就可以帶六花去散步了。

不知道田陽地今天會不會在葡萄園？我很想和他聊天，很想和他天南地北地瞎聊，然後放聲大笑。

那天下午，肖像治療師來為我做治療。

由職業插畫家擔任志工，為我畫肖像。

插畫家要我回想一下至今為止的人生中最快樂的時光，我忍不住噗哧一聲笑了出來。

「可以了，我會根據妳剛才的笑容畫肖像，妳恢復輕鬆的姿勢就好。」

插畫家說完，問我有沒有什麼要求？我立刻提出，希望把六花也畫進去。把我和六花永遠留在簽名板上，是超讚的點子。

忘了以前曾經在哪裡看過，說貓和狗都不會笑，人類覺得牠們在笑，其實牠們並沒有笑。但六花絕對會笑，每次遇到開心的事、快樂的事和幸福的事，牠都會露出笑容。

在插畫家為我們畫肖像時，我躺在床上看書。我現在已經不看艱澀的書，也不看厚的書，更討厭人和動物遭到殺害的事。看外遇、背叛的故事會很痛苦，所以我每次都從獅子家園的圖書館借繪本到房間看。

看繪本不會發生看到一半，很好奇故事之後的發展而睡不著覺這種事，也不會遇到需要翻字典才看得懂的難字，更不會有人惡意遭到殺害。雖然偶爾會有動物死亡的情節，但也都是隨著劇情發展自然死亡，不會因為好玩而遭到殺害，更不可能出現來日不多的癌症病人。

看繪本可以很放心，而且看到許多漂亮的畫，內心就得到療癒。

「妳覺得這樣可以嗎？」

過了一會兒，當我抬起頭時，插畫家給我看了剛完成的畫。

畫中的六花在笑，而且用公主抱把我抱了起來，被牠抱在手上的我也在笑。雖然這一幕不可能出現在現實生活中，但我覺得簽名板上的景象很真實。六花隨時守護著我，六花的愛像黃色的光膜，把我整個人包了起來。

「太美了。」

我熱淚盈眶地說。

「謝謝妳喜歡，真是太好了。」

插畫家鬆了一口氣。

「每次畫完，給當事人看時都會超緊張，很擔心萬一不喜歡怎麼辦。」

「你是職業插畫家，還會緊張？」

「是啊！當志工給各位畫肖像時，比接畫畫的案子時更緊張。」

「太有趣了！我很喜歡你畫的，謝謝你，我馬上掛起來。」

簽名板上畫的那個人的確是我。既不是生病前，身體健康的我，也不是生病之後現在的我。而是我在生病前和生病後的笑容，所以是真正的我。

「請妳加油。」

插畫家俐落地收拾好調色盤等繪畫工具，在臨走時輕鬆地對我說。

曾經有一段時間，大家似乎不太敢說「加油」鼓勵。我不知道是整個社會的狀況，還是只發生在我的身上。只是曾經聽說有人認為，對已經很努力的人說「加油」，只會把對方逼入絕境，所以最好不要說「加油」這兩個字。

這句話或許有道理，有些人已經無法再努力，激勵他們繼續加油，未免太殘酷了。但是，在我努力的時候，聽到別人對我說「加油」，我會感到很高興，也給我很大的鼓勵。

隨著我的身體狀況越來越差，周圍的人也不再對我說「加油」，我已經很久沒有聽到這兩個字了。

「我會加油的。」

我這麼回應。雖然我說話的聲音無法像海鷗那麼充滿活力，但真誠地認為自己會全力以赴。

因為我還沒有死，在生命之火熄滅之前，我必須繼續加油。

我的目標就是可以向大家揮揮手，開朗地死去。活潑開朗，帶著笑容離開這個世界。我目前在獅子家園，在瑪丹娜等許多人的協助下，為此做準備。

房間只剩下我一個人後，我獨自面對插畫家畫的畫。

請妳回想一下，至今為止的人生中最快樂的時光。

插畫家剛才這麼對我說，我腦海中立刻浮現了在試衣間的場景——就是在醫生告訴我還可以活多久，我決定搬來獅子家園，為自己挑選壽衣的時候。

我覺得自己毫不猶豫地挑選衣服那一幕很好笑，但當時的影像的確浮現在我的腦海。我在試衣間內，從好幾件喜歡的衣服中挑選了那一件試穿，鏡子中的我看起來還不至於太憔悴。

但是，當時我仍然舉棋不定，明明已經開始試穿了，卻仍然在想是不是太浪費錢。即使花這麼多錢，最後還是付之一炬，不如把這些錢省下來，捐款扶弱助貧，對社會有點貢獻比較好。

就在這時——

『**不對吧！**』

我突然聽到一個喊叫聲，但那不是我的聲音，而是別人的聲音。那個聲音趕走了我內心所有的猶豫，然後我就把自己生病的事拋在腦後，忘我地試了一件又一件衣服。

那時候，我的確樂在其中。即使是為自己挑選壽衣這種殘酷的狀況，還是可以自得其樂，這絕對可以證明我的堅強。

◎◎◎

接受夜間鎮靜法之後，再度提升了生活品質。生活品質的英文縮寫是QOL，除了QOL以外，還有一個QOD，指的是死亡品質。無論生活品質還是死亡品質，都是我所剩不多的人生中的一切，活得有品質就是死得有品質。

星期六下午，我終於能夠帶著便當和六花一起去散步。今天沒有預約任何治療，所以有充裕的時間。今天的氣溫也比昨天高，藍天感覺很舒服。

雖然想到有可能會遇到田陽地，但在猶豫之後，我沒有戴假髮，只戴了一頂毛線帽。

好久沒有出門散步了，六花走路的時候也忍不住蹦蹦跳跳。出門之前，瑪丹娜說：「**即使不用牽繩，六花也不會離開我。**」所以六花自由自在地走著跑著，我和六花之間已經逐漸建立了信賴關係。

「六花，你走慢點，小雨沒辦法跑那麼快。」

六花聽到我叫牠的名字，轉頭看著我，但發現我跟在牠的身後，就繼續往前跑。

真是說不聽。我內心這麼想，追趕著這個野丫頭。

先到葡萄園的六花坐在圍籬前等我，尾巴拚命甩個不停，似乎在催促我「**快點、快點**」，簡直就像在觀眾席上為選手加油的啦啦隊手上的彩球。

田陽地正在用鏟子挖泥土，六花一定想趕快去田陽地身旁。

「你好。」

我向田陽地打招呼。

「好久不見。」

田陽地用掛在脖子上的毛巾擦汗。

「我帶了午餐的便當過來，可以去那裡吃嗎？」

我指著田陽地搭建的涼亭問道。

「我也正打算吃午餐，那我們一起吃。」

田陽地拍了拍手上沾到的泥土。

「啊，這裡太舒服了，簡直是特等席。」

大海並非單純的一片藍色，有些地方看起來是淡紫色，有些是清澈的藍色，有些是鮮豔的土耳其藍，有無數的藍色存在，海浪閃著金色和銀色。

「即使坐在這裡看一整天，這片景色也完全看不膩。」

田陽地打開便當，小聲嘀咕。然後我們一起說著：「開動了！」他拿出保溫杯的茶，說我們可以一起喝。

今天的午餐是餡餅，大保溫鍋裡還有麵疙瘩湯，但麵疙瘩沒辦法帶便當。只是我有點好奇，不知道是什麼味道的麵疙瘩。我覺得田陽地會笑我嘴很饞，所以就沒告訴他。

「你要不要吃餡餅？」

我擔心自己會肚子餓，所以今天多帶了幾個。

「雖然我很想對妳說，妳也嚐嚐我的便當，但這是我今天早上用剩菜做的炒飯，不好意思請妳吃，而且裡面還有金平牛蒡。」

田陽地露出了苦笑。六花從剛才就一下子咬著田陽地的棉紗手套，一下子又丟出去，獨自玩得不亦樂乎。

「你一個人住在島上嗎？」

雖然我在內心踩了煞車，告訴自己不要問太隱私的問題，但還是忍不住好奇地問他。

「對啊！」

田陽地不以為意地回答。

餡餅有三種不同的口味，分別是乾咖哩餡、蔬菜餡和紅豆餡。只有紅豆餡餅的形狀和其他餡餅有微妙的不同，所以紅豆餡餅可能是舞婆婆做的。

我有點口渴，於是喝了田陽地的茶。

「啊，這是糙米茶。很久之前，我生病時，瑪丹娜給我喝這種茶，然後教我怎麼做。」

雖然茶有點冷掉了，但很香，好像湯一樣活力十足。

「好幸福啊！」

「因為糙米的營養很豐富，所以好像對身體很好。」

田陽地默默吃著自己做的炒飯。

「瑪丹娜真厲害。」

我拿著掰開的半個咖哩餡餅說。

「對啊！她真的太厲害了，讓人望塵莫及。雖然有點古怪，但那也正是她的魅力吧！」

田陽地應該比我瞭解瑪丹娜好幾倍，甚至好幾十倍。

「我覺得這座島上有獅子家園這件事就是奇蹟，瑪丹娜是在這座島上出生、長大的嗎？」

咖哩餡餅裡不是咖哩肉燥，而是咖哩炒碎豆腐。

「聽說瑪丹娜是從其他地方來的，她爸爸很有錢，好像在這個島上也有土地。我記得是這樣。但是，後來她爸爸生了病，瑪丹娜就照顧她爸爸。瑪丹娜並不是她爸爸的親生女兒，而是養女，她爸爸臨死前很想回自己家，但最後只能死在醫院裡，所以他希望可以用自己的財產經營安寧療護院，減少有像他一樣遺憾的人。於是瑪丹娜就去考了護理師和諮商師的證照，在這座島上開了安寧療護院。」

「不管是瑪丹娜，還是她爸爸，真的太厲害了。」

我和瑪丹娜的境遇相同，都是由爸爸，而且不是親生爸爸養育長大。

「是啊！我覺得很不容易。聽說瑪丹娜很愛她爸爸，她連誰是自己的親生父母也不知道。我相信她對她爸爸願意收她為養女的感激，成為她的原動力，所以瑪丹娜積極讓那些無依無靠的人入住獅子家園。」

「原來是這樣。」

我在回答的同時，自己也終於恍然大悟——**所以她才願意讓我入住獅子家園**。但我不太想深入談論這個話題……

「而且我覺得這座島上，還有鄰近島上有很多人去當志工這件事也很了不起。」

我又繼續說道。

無論是音樂治療的海鷗，還是昨天來進行肖像治療的插畫家都是志工。

「這也是瑪丹娜的吸引力，但瑪丹娜說，這樣不行。」

「為什麼不行？」

「這樣只是占那些熱心志工的便宜，原本應該付他們薪水，讓這些專家常駐在安寧療護院或是醫院內提供這些服務。她經常嘆氣說，在歐美國家，已經有相關的制度，但日本對這些治療法的認識還不足，所以很難為每個人量身打造最理想的服務。」

「這樣啊！所以不能只是仰賴志工的善心。」

我之前從來沒有從這個角度思考問題。

「任何事並不是免費就好。」

我一直希望有機會參與公益活動，但至今仍然沒有機會嘗試。每次看到發生地震和水災等重大災害的新聞，自己也很想去災區幫忙，只不過每次都只有心動而已，從來不曾付諸實際行動。

如果上天願意給我機會，我也很希望可以像海鷗一樣，幫助因為罹患癌症而陷入痛苦的人。

「原來志工也是如此。」

我說道。

「是啊！因為如果無法讓大家都有辦法過日子，最後就會無法持續下去。而且聽說瑪丹娜的爸爸也很厲害，他並不光是有錢而已，而是隨時很認真地思考如何運用手上的錢，讓這個世界變得更好。我總覺得瑪丹娜也繼承了這種精神。其實當初說要在這座島上開安寧療護院時，遭到了強烈的反對，島民表現出強烈的拒絕反應。說什麼想把這座島變成死人島嗎?其實根本不是這麼一回事。」

田陽地說到這裡,低頭說了聲:「對不起!」

「你不必介意。」

雖然我並不想聽到「**死人島**」這種說法,但這也不是田陽地想出來的說法,更何況正因為他沒有把我當成病人,所以才會這麼說。

「但後來慢慢向島民說明,終於獲得了島民的理解。如今島上的人都為獅子家園感到驕傲,而且因為有了獅子家園,有越來越多島民不是在島外的醫院,而是回到島上,在自己熟悉的地方走完人生最後一段路。在獅子家園迎接臨終已經成為島民身分地位的象徵,或者說是他們的嚮往,可見瑪丹娜已經受到了極大的信賴。」

「太厲害了。」

我讚嘆道。瑪丹娜的確是值得尊敬的人。

「瑪丹娜之所以會穿女僕裝，也是因為有一次，入住獅子家園的客人從來都不笑，工作人員就在討論，如何能夠讓他在臨終前露出笑容，於是就企劃了一個化妝晚會。瑪丹娜在那個晚會上穿了女僕服，戴上頭套，那位客人看到她，終於笑了出來。聽說那次之後，瑪丹娜就整天都穿女僕裝了。」

我覺得這很像是瑪丹娜會做的事。雖然我只瞭解瑪丹娜人生的一小部分，但能夠在抵達人生的終點之前遇見瑪丹娜，是上天送給我的偉大禮物。

「我差不多該回去工作了。雫小姐，妳可以繼續在這裡慢慢休息。」

田陽地站了起來。我正在想六花怎麼沒聲音，發現牠在太陽下伸出四隻腳睡午覺，而且從剛才就一直心情很好地不停甩尾巴。

「這傢伙一定又在吃東西。」

田陽地笑了起來。

「對啊！我真羨慕六花，無論睡覺的時候還是醒著的時候，總是幸福地甩著尾巴。」

我很想和六花交換人生，想體會一下當六花的感覺，哪怕一次也好。如果這個夢想可以實現，我一定會盡情地在檸檬島上奔跑，和微風、陽光嬉戲。

我也學六花，在涼亭內躺了下來，看到了葡萄園後方的大海，也看到了天空，看到了田陽地，看到了六花。不知道哪裡飄來了清新的柑橘香氣。

「太棒了，夫復何求。」

我對另一個自己說。

當我閉上眼睛，微風溫柔地吹拂，好像為我蓋上了毛毯。

我和田陽地在葡萄園重逢後，帶著溫暖的心情回到獅子家園，就聽到了吵鬧的聲音，感到不寒而慄。

「王八蛋！」

尖銳的聲音傳來，六花立刻回頭看著我。

「是妳毀了我的人生！」

不知道是不是有人把椅子丟向牆壁，只聽到有什麼東西摔破的聲音。

我原本想走進自己的房間，但那個咆哮聲太可怕了，於是站在走廊上觀察。如果那個人突然衝出房間，想要對六花不利，我必須挺身阻止。為了以防萬一，我把六花抱在胸前。

咆哮聲是從門口的名牌上寫著「**大師**」的房間傳來。雖然我不知道那個人什麼時候入住，但每次看到那個名牌，我都會感到納悶。他難道想在所剩不多的日子繼續當大師嗎？我覺得只能用這種方式走完人生的那個人很可憐，甚至有點可悲。

「即使你死了，也不會有任何人感到難過。」

一個女人的聲音喊叫著，她拼命地想訴說。

「你曾經真正愛過誰嗎？你窮得只剩下錢，大家只是為了你的錢，在你身邊打轉。你根本沒有帶給任何人幸福！」

「少囉嗦，難道妳不知道是妳害我生病的嗎？」

我屏氣斂息地站在那裡，聽到大師的房間傳來了哭泣聲，聽起來就像是一個三歲的孩子跌倒時發出的哭聲。

大師在耍任性，他在向眼前的人、這個世界，以及向上天耍任性。但並不是生了病，就可以為所欲為。

我站在自己的房門口觀察，瑪丹娜走了出來。

「不用擔心，大師的前妻來看他，所以他遷怒到前妻的頭上。並不是每個來安寧療護院的人都能夠接受現狀，保持心情平靜，也有很多人像他一樣胡亂掙扎，想要擺脫命運。但只要活著，就有機會改變，這也是事實，所以不要放棄期待。」

瑪丹娜用一如往常的平靜聲音說道，然後對我說：「不必擔心！」叫我回自己的房間。

這時，有一個女人拿著花瓶，從門口的名牌寫著「**百太郎**」的房間走了出來。

「哇，真可愛。」

那女人看到我抱在胸前的六花，瞇起眼睛說。她的出現立刻化解了緊張的氣氛。

「百太郎是新來的客人嗎？」

只剩下我和瑪丹娜時，我隨口問道。

「是啊！上個星期入住的客人。」

瑪丹娜簡潔地回答。

剛入住獅子家園時自顧不暇，最近開始對其他客人產生了好奇。因為我之前幾乎沒有和武雄爺爺和老闆說過話，但漸漸覺得，既然大家有緣在這裡渡過人生最後的時光，我或許還能夠為別人做點什麼。正因為大家的境遇相同，或許有某些只有我才能做到的事。

「百太郎的發音剛好和桃太郎一樣，這世界上有很多美麗的名字。」

瑪丹娜用平靜的聲音說。

我把抱在懷裡的六花放了下來，六花用力抖著身體，好像要抖落身上沾到的髒東西。

「六花是不是變胖了？」

我好奇問道。因為我覺得抱著牠時，感覺比之前更重了。

「有嗎？看起來並沒有變胖啊！」

我聽著瑪丹娜的回答領悟到，也許並不是六花的體重增加，而是我的體力衰退了。如果只是體力衰退，那也是無可奈何的事，但想到以後不能抱六花，也無法讓牠躺在我的手臂上睡覺，就覺得很寂寞。

我覺得自己正以驚人的速度走向衰老。

「雫小姐。」

瑪丹娜把手掌輕輕放在我的背上叫了一聲，感覺就像是陽光照在她手掌放的位置。

「妳知道獅子在動物界的地位嗎？」

聽到這個意想不到的問題，我忍不住停下了腳步。

「是百獸之王嗎？」

「沒錯，就是百獸之王。也就是說，獅子不必再擔心遭到敵人的攻擊，只要安心地吃吃睡睡就好。」

「我瞭解了，所以這裡叫獅子家園。」

我有一種迷霧突然散開的感覺。我之前就很好奇這裡為什麼會取這麼獨特的名字，但並沒有問瑪丹娜。現在終於恍然大悟，住在這裡的客人，包括我在內都是獅子，都是百獸之王。

「沒什麼好害怕的。雫小姐，要保持笑容。越是痛苦的時候，越要仰望天空，盡情地笑，就可以為比妳更痛苦的人帶來希望。」

瑪丹娜靜靜地對我喁喁細語，然後轉身離開。

我走進房間後，站在鏡子前露出笑容。

人並不是因為開心才笑，而是因為笑了才開心。拿一根免洗筷或一支鉛筆咬在嘴裡，然後揚起嘴角，保持笑容看漫畫，就會變得超有意思。大腦會分泌出多巴胺，是不是很厲害？

我突然想起一起上瑜珈教室的關西同學說過的話，她就像在我身旁，對著我竊竊私語。我揚起嘴角，保持笑容，用肥皂洗手。

當初也是這個同學告訴我，如果感到恐懼和嫌惡，可以洗手轉換心情。雖然她總是笑口常開，但也許她也承受了很大的壓力，只是沒有告訴我。

不知道大家怎麼樣了？不知道大家都好不好？

我難得回想起自己生病前的人生。

以前週末都會悠閒地去附近散步，去蔬果店買蔬菜和水果下廚，偶爾出遠門爬山或是健行。非假日時，如果提早下班就會去看場電影，或是投入自己喜歡的編織。

我從來沒有想到，這種平淡無奇的日常生活竟然如此寶貴。我深愛當時那些無憂無慮的日子，很想緊緊擁抱在懷裡。

我打開了化妝包，伸手去拿帶來的掏耳棒。

如果我對這個世界有什麼留戀，那就是爸爸的掏耳棒。小時候，我總是把頭放在爸爸的腿上，讓爸爸為我清耳垢。我愛死了清耳垢的時間，我會把學校發生的事、同學和老師的事告訴爸爸，爸爸也會和我聊工作上的煩惱和同事的事。雖然都是一些無關緊要的事，但正因為無關緊要，所以心情很輕鬆，有時候也可以隨口和爸爸聊一些煩惱的事。

爸爸最後一次為我清耳垢是什麼時候？爸爸每次為我清完耳垢，都會輕輕吹一口氣，我每次都覺得爸爸在向我施魔法，讓我能夠得到幸福。

也許是因為這個原因，每次自己清耳垢時，都會想起爸爸。我帶來獅子家園的掏耳棒，正是爸爸以前使用的那支。這根毫不起眼的掏耳棒，也凝聚了許多我和爸爸之間的回憶。

這根掏耳棒也會隨著我的肉體一起到天堂去。我已經向律師、ＮＰＯ法人的工作人員，當然還有瑪丹娜說明了我死後的具體安排，以及如何處理我的骨灰。

早晨起床，換了衣服後走去食堂，瑪丹娜坐在固定座位上看報紙。她一看到我，立刻露出燦爛的笑容。

「雫小姐，告訴妳一個好消息，已經開發出一種新藥了，也可以治好妳的癌症。太好了，妳可以出院了！」

她以比平時更加開朗的聲音，大聲地對我說。

「真的嗎？」

我驚訝地走到瑪丹娜身旁。

「妳看，這裡刊登了這麼一大篇關於新藥的報導，據說已經可以在臨床上使用了。」

「好厲害，太厲害了！」

我興奮地說。

「不會有人再受癌症的折磨了。」

即使醒來之後，仍然沉浸在興奮的餘韻中，覺得也許剛才的一切是真的。

但是，這不是現實。

我覺得最近好像經常做這種夢，難道這是我自己也沒有察覺到的、潛意識的願望嗎？醒來之後，發現原來是夢的瞬間有點難過。

我立刻伸手拿起手機，把耳機塞進耳朵，只有大提琴的聲音才能平息這種複雜感情。

我躺在層層疊疊的深沉音色上漂浮著，吹過海面的風浪在我耳邊輕聲細語。一切交給上天，所以不必擔心。再撐一下，只要站在這個斷崖再撐一下，就可以去那個世界了。

我無法提早，也無法延遲這個時間，我只能在這裡靜靜等待。

隔天吃點心的時候，我才終於知道大師的長相。

大師坐在輪椅上出現了，他年約七十，骨骼粗壯，臉色很紅潤。

大師是名人，是寫過無數暢銷歌曲的當紅作詞家，偶爾會在電視上露臉。曾經出過幾本書，我之前也曾經看過一本他寫的書。那是大師以自己的實際經驗為基礎，寫的一本關於生活方式和老年生活的書，很發人深省，內容充滿幽默感。我記得那本書上有提到，死亡根本不值得害怕。

大師本人和我想像中的感覺不同，內心不免感到失望。他即使坐在輪椅上，仍然散發出頤指氣使、高高在上的傲慢。他對推輪椅的工作人員的態度也很無禮，我原本還以為他是更溫和、更親切的爺爺。

瑪丹娜站在眾人面前鞠了一躬，但她的態度和平時不太一樣，沒有朗讀寫了自己最後想吃的點心單上的文章，而是從鑲了荷葉邊的白色圍裙口袋裡拿出智慧型手機，從手機裡傳出一個年紀很小，但感覺很聰明的女孩聲音。

「我夢想成為海豚訓練師。至於為什麼會有這樣的夢想，是因為上次暑假時，爸爸、媽媽帶我和哥哥、姊姊一起去水族館玩，在看海豚表演的時候，我覺得和海豚一起游泳的訓練師實在太帥氣了。生病住院之前，我每個星期都會去游泳教室上一次課。一開始覺得在腳碰不到泳池底的地方游泳很可怕，吃了很多水，也受了不少苦，但之後就越來越進步。

今年夏天，原本想去海邊玩，但萬一導尿管脫落會很危險，所以就沒有去海邊。但媽媽說，只要我的病好了，就要帶我去御藏島*和海豚一起游泳。所以我努力接受治療，希望可以趕快好起來，去大海游泳。上次爸爸告訴我，海豚可以用超音波和其他海豚聯絡，也可以藉由超音波瞭解成為牠們食物的其他魚的形狀。我打算以後在當訓練師的同時，也要研究海豚語，希望可以和海豚對話。

在我想成為海豚訓練師之前，我曾經想當木匠。因為只要成為木匠，就可以自己蓋房子，而我想蓋一棟全家人都可以住在一起的大房子。我告訴姊姊這件事，姊姊還笑我。如果這兩個夢想同時實現，我就要為海豚在海裡蓋房子，然後我也和牠們住在一起。」

我完全沒有發現，原來門口掛著「**百太郎**」名牌的房間內，住了這麼可愛的少女。

和平時的點心時間不同的是，在播放完百妹妹說的話之後，她的家人出現在大家面前。她的爸爸代表全家人向大家深深地鞠了一躬，然後露出緊張的表情，凝視著遠方訴說起來。

「小百是個很活潑的孩子，從小就很喜歡在外面玩。因為她太有活力，像男孩子一樣，而且因為百和桃的發音相同，所以我們家裡的人都叫她百太

＊注：御藏島，是日本伊豆群島中、菲律賓海上的一座火山島，棲息著世上稀有野生海豚的島嶼，也是日本國內為數不多能「與海豚共泳」的景點，近年來人氣高漲。

郎。她是個健康寶寶，即使是冬天，她都喜歡穿短袖出門，也從來不感冒。沒想到在十歲生日前不久，走路開始搖搖晃晃，我當時竟然以為小百在開玩笑，所以罵了她一頓。但是不久之後，她經常跌倒，以前每天一放學，她就跑出去玩，現在經常躺在沙發上休息。

我覺得不對勁，於是就帶她去看了附近的內科，醫生叫我立刻帶她去大學附屬醫院進行詳細的檢查。做了核磁共振檢查後，得知了病名，也得知她只剩下一年的生命。於是就立刻安排她住院，接受了放射線治療。照理說這些治療應該很痛，也很不舒服，但小百咬牙撐了下來。我覺得自己的女兒很勇敢，即使在整天嘔吐的折磨中，她仍然逗全家人笑，我為這樣的女兒發自內心感到驕傲。

小百目前正在獅子家園渡過人生最後的日子。剛才各位聽到的小百說的那段話，是她來到這裡，得知這裡有點心時間後，一個人躲在房間裡錄下的聲音。她可能忘了要說想吃什麼點心，所以剛才的那段話中完全沒有提到點心的事，這也很像是她會做的。和那個時候相比，小百目前的狀態更差了，但她至今仍然很想活下去。請大家一起聲援正在努力和疾病奮鬥，努力想要活下去的小百。」

小百的爸爸雖然不時哽咽，但自始至終都保持毅然的態度。

蘋果派送到了每個人面前，蘋果派旁邊還有冰淇淋。

小百的媽媽走上前向大家說明。

「在接受治療期間，小百曾經哭過一次，那次也很像是她會做的事。她不是因為疼痛或是痛苦而哭，而是大哭著說她肚子很餓。當時因為接受治療的關係，所以不能吃東西。我為了轉移她的注意力，就問她：『**妳現在最想吃什麼？**』她不加思索地說：『**蘋果派。**』我有點意外，原本以為她會說飯糰，因為她最喜歡吃白米飯，但是，小百當時回答蘋果派。現在回想起來，小百當時應該很疲累，有點撐不住了，才在無意識中想要吃甜食。所以，今天在我的強烈的要求下，我也進了廚房，和狩野姊妹一起製作蘋果派。請大家趁熱享用。」

眼前的蘋果派發出甜蜜溫柔而平靜的香氣，簡直就像小百媽媽的聲音變成了蘋果派。雖然我從來沒有見過小百，卻對她產生了親近感。

我把叉子叉進蘋果派，當作代替小百吃。全身感受著酸酸甜甜的蘋果味，派的表面很光滑，發出了麥芽糖色的亮光，彷彿看著反射了暮光的大海，腦海中浮現小百和海豚一起游泳、吃著蘋果派的樣子。

我突然好奇地望向大師，看到大師並沒有掀翻盤子，而是低頭吃蘋果派就放了心。他一臉嚴肅的表情，擔心叉子上的蘋果派掉落的樣子就像小孩子。

點心當前，每個人都變回了孩子。我在點心時間，應該也露出了像小孩子般的眼神。

點心時間結束後，我拜託小百的父母，希望可以和小百見個面。因為我無論如何都想和她見面，然後當面告訴她。

小百的姊姊陪伴在她身旁，房間內一直有水流的聲音。

「醫生說她直到最後，耳朵都可以聽到。」

小百的姊姊看起來很成熟，這麼對我說。躺在床上的小百很像她的姊姊和媽媽，五官明顯，漂亮的眉毛看起來意志很堅強。

小百的房間充滿了她的特色，枕邊放著海豚的絨毛娃娃，窗上和牆壁上都貼了海豚的海報和圖片，還掛著班上同學為她折的千羽鶴。

最引人注目的，就是她練習的毛筆字。

——活著。

粗毛筆在紙上寫了這兩個很有氣魄的字。

「這是小百以前在學校寫的毛筆字。小百陷入昏睡狀態後，我在整理她房間時，偶然發現這張紙，我覺得好像聽到了她的心聲。雖然她現在無法說話，但她用全身活著。剛才我丈夫也說了，小百至今仍然沒有放棄，她永遠沒有失去活下去的態度。小百讓我們全家瞭解到很多事，雖然她的年紀最小，但有時候會覺得她比我更年長。」

也許是因為我目不轉睛地看著「活著」這兩個字，小百的媽媽對我如此說道。

我轉過頭，發現小百的媽媽正慢慢撫摸著小百的瀏海。

我也走到小百身旁，撫摸著她的手，她的手柔軟而溫暖。我摸著她像果汁軟糖一樣的手，用開朗的聲音在她耳邊說話。

「小百，等我們都去天堂之後，再一起玩。我也馬上就要去天堂了，我們在那裡見，一言為定喔！」

小百的媽媽可能聽到我說的話，用手捂著嘴，忍住了嗚咽，然後小聲地對我說：「謝謝。」

和小百見面之前，我的人生雖然還在繼續，但我整天都在思考死亡，我以為這就是接受死亡。但是，小百讓我瞭解到，真正接受死亡，是坦誠面對自己想要活下去，想要活得更久的想法。

這件事是我的重大發現。

兩天後，小百在媽媽的懷抱中靜靜地停止呼吸，去了天堂。雖然小百沒有再開口說話，但她在生命的最後沒有痛苦，像沉睡般離開了。

無論小百的人生，還是我的人生，都只能聽天由命。

用全身接受這件事，在生命走到盡頭的瞬間努力活著，才不愧對自己的人生。而小百完成了上天給她的短暫卻濃密的人生。

瞭解到這一點之後，我茫然地眺望著大海，想哭卻又哭不出來。

那天晚上，我終於在信紙上寫下了我回憶中的點心。

我認為是小百讓我瞭解到活著的尊貴，小百輕輕推著我的後背，讓在原地磨蹭的我繼續向前走。

❂❂❂

「應該是妳覺得六花變重了，聽到大師的咆哮聲，以及和小百的永別，都成為壓在妳心上的沉重壓力，把妳的身體拉向了不好的方向。」

瑪丹娜撫摸著我的身體說。

星期日的點心時間幾天後，我在半夜痛醒，好像有無數的針大舉入侵我全身的血管。無論怎麼改變睡姿，只要挪動一根小拇指，就渾身劇痛，差一點大喊。

我把身體的不舒服告訴了瑪丹娜，她立刻為我注射了止痛針，在我睡了一覺之後，她親自為我做撫觸治療。

瑪丹娜的撫觸治療和按摩、整骨都不同，只是不停地撫摸我的身體。她的手上抹了從島上的柑橘類中萃取出來的芳香精油，她的手掌每次移動，我都被清新的甜蜜香氣包圍，好像整座檸檬島把我抱在懷裡。

我聽從瑪丹娜的指示，在床上時而側躺，時而仰臥。柑橘的香氣和瑪丹娜手心的溫度發揮了相輔相乘的效果，疼痛就像四處逃竄般退到遙遠的陣地。幾個小時前，攻擊我的那陣劇痛到底是怎麼回事？我覺得自己好像變成了貓或狗，很想用喉嚨發出咕嚕咕嚕的聲音。

當瑪丹娜靜靜撫摸著我，我覺得什麼話都可以告訴她，於是就在昏昏沉沉中向她說出了心中的秘密。

「我一直都是一個人生活。雖然在中學畢業之前和爸爸一起生活，但在我高中一年級時，我爸爸要結婚了，再加上我就讀的那所高中比較遠，於是就在學校附近租了小公寓，開始了一個人的生活。」

我並沒有告訴她，爸爸並不是我的親生父親這件事。

「那是妳幾歲的時候？」

「差不多，十六歲吧！」

我至今仍然可以回想起爸爸告訴我，他有一個想要結婚的對象時的情景。我覺得心好像被用力揪緊，覺得爸爸背叛了我。我很悲傷，也很懊惱。我準備晚餐，等待爸爸回家一起吃晚飯的生活，對我來說是理所當然的事。所以原本以為這種生活會永遠持續，等到爸爸變成老爺爺，我們仍然會生活在同一個屋簷下。

「對方當然提議和我一起生活，爸爸也認為這樣比較好。」

「但是，妳沒有接受他們的建議。」

瑪丹娜用平靜的聲音說話。

「我當時可能在意氣用事，因為我根本無法想像，爸爸竟然找到了比我更重要的人，我一直以為自己在爸爸眼中是全世界最重要的人。但現在想起來，爸爸也是男人，即使有女兒，仍然需要和他共度人生的伴侶。」

我花了很長時間，才發現這件事。

「而且，我發自內心希望爸爸幸福。因為爸爸為了養育我長大，不得不忍耐很多事，我覺得不和他們住在一起，才能讓爸爸得到幸福。」

這也是我的真心話。

「雫小姐，妳轉身面對那裡。」

我在瑪丹娜的要求下轉過身。即使是翻身這麼簡單的動作，這幾天也需要費力才能完成。

「妳能夠一個人走到今天，真是太了不起了。」

瑪丹娜溫柔地、親切地撫摸著我的肩膀和手，好像在稱讚我，我的淚水撲簌簌地流了下來。

「我一點都沒有了不起，完全沒有。說到底，我在嫉妒我爸爸的結婚對象，我太幼稚了。」

在爸爸正式迎娶對方後，好幾次對我說，三個人一起見個面。但我無論如何都無法做到，每次都謊稱有其他事，小心翼翼地避開了各種機會。因為我擔心看到他們時，自己的臉會醜陋地扭曲，我不願面對這樣的自己。

「妳真的不和妳父親見面嗎？」

瑪丹娜撫摸著我的耳垂，問了這個核心的問題。

「沒關係，因為我完全沒有告訴他我生病的事，而且我們也已經有好幾年沒見面了。只要爸爸目前很幸福，其他的事都不重要。」

我把早就在內心做好決定的事告訴瑪丹娜。

「是嗎？既然妳這麼說，當然就沒問題。」

「好舒服。」

我對著她如此說道，因為我想改變話題。

「為客人做撫觸治療時，我也同時得到療癒，讓我也得到活力。」

六花鑽進我的懷裡，似乎在要求我也撫摸牠。

「小時候，我一直想要養狗，但始終無法如願，所以來到這裡之後，終於實現了夢想，太感謝了。」

我輕輕撫摸著六花的胸口說。

「帶六花來這裡的前飼主和妳一樣，也是一個身段很軟，個性很溫柔的女人。她很愛六花，所以六花現在和妳在一起，應該也覺得很幸福。」

「希望如此。但是，我離開之後，六花會不會難過？」

我一直很在意這件事。

和六花越親密，和牠之間的感情越好，就越擔心在我離開之後，六花會陷入混亂。

「別擔心，當這一天出現時，我會給牠最愛的特大豬骨，牠一定會專心忙著啃骨頭。」

「太好了，那我就放心了。」

我說道。

「除此以外，還有什麼放不下的嗎？」

瑪丹娜問我，於是我就問了另一個好奇的問題。

「不知道是誰來迎接我。」

把這個問題問出口後，那種心情就像天黑之後獨自在幼稚園，靜靜地等待有人來接我。

「妳放心，一定會有人來接妳。雖然妳剛才說，妳一個人生活至今，但其實有很多肉眼看不到的人在妳周圍，目前也在保護妳。只不過因為他們無色透明，所以平時可能不會發現而已。」

「妳是說，像是祖先的神靈之類的嗎？」

我覺得瑪丹娜好像無所不知。

「雖然我不知道是否適合用神靈這兩個字，但的確有各種不同的能量在守護著我們。所以，一定會有人來接妳，妳絕對不孤獨。」

聽瑪丹娜這樣斷言，我就乖乖相信，她說的有道理。

「啊，好舒服，簡直就像在極樂世界。」

我的皮膚、骨骼、內臟和腦漿好像全都快溶化了。

「妳知道高潮嗎？」

我舒服得口水都差一點流下來時，瑪丹娜突然問道。

意想不到的發展讓我有點不知所措，但還是點了點頭。

「我一直期待死亡是最頂級的高潮。」

「會很舒服嗎？」

「對，沒錯。雖然我沒有死過，所以不太清楚，但希望是這樣，而且也相信一定是這樣。雖然我已經好久沒有高潮了。」

瑪丹娜說道。

「我也一樣。」

我老實地回答。

如果真是那樣，或許值得期待。

「瑪丹娜，妳覺得人死之後，會變成什麼樣？」

長時間的沉默後，我鼓起勇氣問她。雖然我的聲音沙啞，無法順利發出聲音，但她聽到了。

「因為我沒死過，所以這個問題，即使想破了腦袋也不知道答案。但我認為形成一個人根源的意識或是能量本身，並不會因此消失，只是不斷變成不同的形體，永永遠遠持續下去。在我內在的核心部分，而且是核心部分更中心的我……那個我不會消失。」

瑪丹娜說道。

這時，不知道為什麼，我腦海中浮現了蘋果。蘋果的中心有種籽，種籽內又有一顆蘋果，那顆蘋果的中心又有種籽……思考沒有止境，既沒有開始，也沒有結束。

種籽就是在我的中心像磁鐵一樣，形成了「海野雫」身體的最基本能量嗎？那是用靈魂和意識這種字眼來形容，平時肉眼無法看到，也無法用手觸摸確認，卻是很重要的核心部分。

即使在死了之後，重要的核心部分並不會消失，之後仍然會留下來，即使變成不同的外形，仍然會持續下去。這就是瑪丹娜所說的意思嗎？

「但是，我希望繼續留在目前的身體中。」

我半夢半醒地說。

我覺得現在告別這個身體還太早了。以前身體健康時，對自己的身體並沒有太多的感情，還經常挑剔，希望自己胸部更豐滿，鼻子更高挺才好看，但現在即將告別這個身體，突然感到依依不捨，不願意放手。

瑪丹娜的撫摸太溫柔，我太舒服了，讓這種慾望有了發芽的機會。

我也知道自己說的話是在無理取鬧，而且早就知道奇蹟不會發生，也已經做好了走向死亡的準備，所以才會來到獅子家園。獅子家園是安寧療護院，安寧療護院只接收已經對死亡做好心理準備的人，並沒有緊抓著這個不切實際的夢。

照理說應該是這樣，但即使是這樣……

「我好想繼續活下去，看看全世界各種不同的風景。」

我從來沒有對任何人說過這句話，也不曾對自己說過。

我一直不願面對的真實想法就這樣脫口說了出來。因為一旦承認這件事，就只會造成自己的痛苦，所以我一直小心翼翼地封存在內心。

我想活下去。

我希望目前的身體活得更久，繼續留在這個世界。

這應該是在向瑪丹娜耍任性，也許我期待她會諒解我這種任性的感情。

「是啊！如果可以一直和妳這樣，我也很幸福。」

瑪丹娜輕輕地用柑橘的香氣包覆著我的頭，氣定神閒地說。

我不顧會把瑪丹娜的白色圍裙弄濕，忍不住哭了起來。**至少世界上有一個人對我說這句話**。瑪丹娜的溫柔讓我淚如雨下，她一直撫摸著我。

接受死亡並不是能夠簡單做到的事。

我自認為已經接受了死亡，但事實並非如此，而是這麼想對自己有利，所以才努力讓自己接受。雖然已經清除了外圍的障礙，但更重要的是我自己本身，我的內心並沒有接受死亡。也許是因為我想入住安寧療護院，這樣比較輕鬆，這樣對我比較有利，所以我才假裝接受死亡。

我的內心深處還不想死，我還想繼續活下去。

我覺得這種想法很貪婪，死到臨頭還不乾不脆，太丟人現眼了。但事實並非如此，接受死亡，就是坦誠地承認包括自己不想死的感情在內的一切，至少對我來說是如此。

瑪丹娜離開我的房間之後，我仍然放聲大哭。

「我還不想成為獅子，我不想成為百獸之王，我想活下去，我想活更久，我還不想死嘛！」

我大聲哭喊著，淚水像潺潺流水般靜靜地流，我完全就是向上天耍賴的小孩。但是，我沒有遷怒於絨毛娃娃，它們是我可靠的盟友，和我站在一起，為我擦乾眼淚。

憤怒是那天暴風雨的原動力，那是我對自己的憤怒，對主治醫生的憤怒，也是對世上所有一切的攻擊。

不過，現在不一樣了。

我感到悲傷，只是對必須告別這個美麗的世界感到難過。就好像很希望可以默默依偎在心愛的人身旁一樣，我想繼續留在這裡。

我一直哭，一直哭，哭到天昏地暗，哭到淚水流乾。哭到肚子餓了，就去吃飯，回到房間後繼續哭。六花一臉納悶地抬頭看著淚流不止的我，但並沒有對我過度安慰。

離譜的是，只要看到藍天，我就會感動流淚；看著粥冒著熱氣，內心就會湧起對上天的感謝。然後我驚訝地發現，一直躲在內心深處像毒素，像黑霧般礙眼的東西全都煙消雲散了。

早晨醒來，陽光照進了房間。

我也很希望像六花將身體擠在我身上，親暱地向我打招呼一樣，把陽光握在手上，捧到臉頰旁，和陽光耳鬢廝磨。

有趣的是，當我坦率地承認自己內心有想要活下去，還不想死的想法後，心情變輕鬆了，這是連我自己都沒有料到的變化。

因為白天也開始使用嗎啡，再次提升了我的生活品質。白天的時間，身上揹一個像便當盒一樣的裝置，感覺痛的時候，可以隨時為自己注射嗎啡。瑪丹娜對我說：「這是一個魔法便當盒。」

當身體舒服了，心情就會變輕鬆。一旦心情輕鬆，身體就會更舒服，身體和心靈真的是一體兩面的神奇關係。

有一段時間沒有和六花一起去散步，終於又可以享受這種久違的樂趣了。但由於我的體力大幅衰退，只有身體狀況非常好的時候，才有辦法走上通往葡萄園的坡道。

帶著六花呼吸戶外的空氣，就可以感受到渾身的細胞活力充沛地甦醒。空氣很甜美，空氣和粥不一樣，我可以喝十杯、二十杯，盡情地吃飽喝足。

每一天都好好過日子，不要因為人生即將結束就自暴自棄，而是要盡情享受人生到最後一刻。

我想到以前和爸爸一起住的地方附近有一條商店街，其中一家麵包店賣的巧克力螺旋麵包。我的目標就是能夠像從頭到尾都擠滿巧克力醬的巧克力螺旋麵包一樣，活到人生的最後。

雖然覺得自己整天吃飯、睡覺、發呆像廢物，但我已經無力做更多的事。身體已經無法動彈，但內心越來越敏銳，兩者成反比，這個發現讓我感到很新鮮。

說出來，別人可能會取笑我，但我也是在身體無法像以前一樣自由活動後，才發現香蕉的美。

以前我無論在時間上還是心靈上，都沒有餘裕仔細觀察香蕉。不久之後，我從食堂帶了一根香蕉回房間，打算晚一點肚子餓時吃，然後就把香蕉放在桌子上。當我想要吃準備伸手拿桌上的香蕉時，聽到香蕉對我說話——

『很漂亮吧？』我聽到香蕉的說話聲，帶著鼻音的聲音聽起來很性感。

仔細觀察香蕉，發現的確很美。然後猛然意識到，香蕉並不是工廠生產的，便利商店賣的香蕉都是地球的恩澤。我終於發現香蕉長在樹上，吸收了充足的陽光，就像媽媽小心翼翼地抱著剛出生的嬰兒餵奶一樣，這根香蕉也從香蕉媽媽身上吸收了充足的營養，在香蕉媽媽的細心呵護下長大了。

愕然地發現，我至今為止，只看過在便利超商和超市賣的香蕉，從來沒有看過它長在樹上的樣子。我急忙拿起手機，上網查了野生香蕉長什麼樣子。香蕉在一片綠意盎然幾乎可以隔著手機螢幕感受到濃密空氣的陽光下，笑得很燦爛。

我覺得它們在笑。我第一次知道，原來不是只有動物會笑，植物也會笑。

我以前理所當然地吃著這些尊貴的生命，一邊用電腦工作，沒有心存感激，甚至沒有細細品嚐就送進嘴裡，而且也常把吃剩的香蕉丟進垃圾桶，沒有絲毫的罪惡感。

我現在瞭解到，香蕉的生命和我的生命同樣尊貴。

這是香蕉教我的事，我相信地球上還有很多、很多我所不知道的世界。

我已經不知今夕是何夕，有時候回過神時，發現自己又多活了一天，覺得自己遇見了時間小偷每週一次，週日下午三點在點心室的點心時間，勉強喚醒我對時間的感覺。每逢點心時間，就知道又過了一個星期。

點心時間是我活著的希望，也是重要的日子。

下一次的點心時間，我坐在輪椅上參加。雖然硬撐一下可以自己走，但無論怎麼想，都覺得坐在輪椅上可以減少對身體的負擔。

昨天之前還可以輕易做到的事，今天竟然就做不到了。這種事已經變得習以為常，即使怨嘆也無濟於事。於是我告訴自己，就是這樣了，無論怎麼掙扎，做不到的事就是做不到。回想起小時候可以輕鬆地跳過跳箱，跨越欄架的自己，簡直像超級英雄般耀眼。

但無法排泄這件事很痛苦，因為只進不出，肚子整天脹氣，難過不已。雖然便秘，但尿頻不斷，半夜一直要起床上廁所也很吃力，只不過我還不想使用尿布。在我自己成為病人之前，我完全沒有意識到可以自行排泄的日子有多麼幸福。

粟鳥洲沒有出現在點心室。以前他每次出現在我身旁，就覺得他很煩，現在竟然主動尋找他的身影，我也搞不清楚是怎麼回事，但我覺得他應該能夠體會便秘不舒服的感覺。某些領域，的確只有親身體會過的人才能理解。

也許他坐在其他地方。我四處張望尋找，然後看到瑪丹娜站在大家面前鞠了一躬。

今天可能會選中我希望的點心。想到這裡，就不免有點緊張，我在輪椅上挺起胸膛，正襟危坐。

瑪丹娜像往常一樣緩緩朗讀。可惜今天選中的不是我的點心。

「我和媽媽之間無法建立良好的關係。我有一個比我小三歲的妹妹，媽媽對妹妹疼愛有加，我覺得媽媽討厭我，應該是因為我長得不可愛的關係吧！媽媽經常為妹妹穿上漂亮的衣服，帶著妹妹出門，但我從來沒有和媽媽單獨出門的經驗，媽媽可能覺得帶我出門很丟臉。

那個年代，砂糖很珍貴，我也幾乎沒有吃過甜點的記憶。只有一次，我說想吃牡丹餅，媽媽立刻為我做了牡丹餅。可能媽媽那天的心情特別好，也可能妹妹剛好去同學家玩，所以不在家。我幫忙媽媽一起做牡丹餅，我記得是用紅豆泥和黃豆粉做的。

媽媽要上班，並沒有經常下廚，所以紅豆煮得有點硬，有時候還會咬到像小石頭一樣硬的紅豆。但那天的牡丹餅很好吃，我拼命吃了一個又一個。媽媽中途阻止我，叫我不要再吃了，不然會吃壞肚子。因為我絕對不想讓妹妹吃牡丹餅，甚至不想讓妹妹知道那是我和媽媽兩個人做的。」

瑪丹娜讀到這裡，緩緩抬起了頭。

「阿舞，對不起。」

瑪丹娜似乎已經朗讀完了。

啊？阿舞，該不會就是狩野姊妹的妹妹舞婆婆？

但不是只有獅子家園的客人才能點在點心時間吃的點心嗎？想到這裡，我才回想起這一陣子的早餐都是水果粥，還以為縞婆婆出國旅行了。但是，仔細想了一下後發現，好久沒有看到縞婆婆了。

最後一次看到她是……嗯、嗯，對了，就是我和田陽地開車去兜風晚歸的時候。縞婆婆特地為我加熱了短爪章魚關東煮後端給我吃，還把海苔黏在牙齒上逗我發笑。她那時候看起來身體並沒有很差，但也可能只是我這麼覺得而已。

縞婆婆也許坐在點心室內。我打量周圍，並沒有看到縞婆婆的身影，但雙眼通紅的舞婆婆出現了，她站在大家面前深深鞠了一躬。

「我姊姊縞目前在家裡，剛才姊姊也已經提到，我媽媽很少下廚，所以我們兩姊妹就自己下廚做菜。姊姊擅長做菜，我比較擅長做甜點。其實我們原本並不是感情很好的姊妹，有一段時間，我們都結了婚，離開了這座島，而且為了照顧孩子也忙得分身乏術，經常好幾年見不到面。我們的兒女都長大成人，而且丈夫也都去世了，當我們說生活很無聊時，瑪丹娜找上了我們。

於是我們就一起走進廚房，沒想到樂趣無窮，我們兩個人經常在工作時像小女生一樣笑個不停。

姊姊在年輕時曾經得過乳癌，動手術切除之後，一直很擔心會復發。大約在一年前，果然又出現了。但姊姊說，已經上了年紀，不想再動手術了，在這裡繼續做飯反而對身體更好，所以就繼續工作。但是，新年之後不久，她的身體狀況突然變差，連站在廚房也很吃力，於是決定回去家裡迎接最後的時刻。

我直到剛剛才知道，牡丹餅是媽媽和姊姊一起做的。因為瑪丹娜只對我說，今天要做牡丹餅而已。我也第一次知道，原來姊姊有姊姊的煩惱。我很像我媽媽，個性有點急躁，所以至今仍然煮不好紅豆。姊姊煮的紅豆很蓬鬆柔軟，但我煮的紅豆總是會有幾顆特別硬，但也許姊姊更喜歡我煮的紅豆吧！我馬上為大家倒茶，請大家好好享用牡丹餅。」

當舞婆婆抬起頭時，用很有精神的開朗聲音說完，把裝了牡丹餅的木盒交給其他工作人員，自己便走進廚房準備泡茶。

我的面前放了兩個不同顏色的牡丹餅，相互依偎的樣子宛如狩野姊妹的化身。沒想到感情和睦的狩野姊妹，小時候也曾經有很大的隔閡。縞婆婆應該一直把小時候對舞婆婆的複雜感情埋在內心深處，舞婆婆應該也完全沒有想到姊姊對自己竟然有這種想法。

今天的點心時間，讓她們兩姊妹都得到了救贖。縞婆婆對妹妹的嫉妒以及舞婆婆對姊姊的無知，都藉由牡丹餅和解了。

我注視著像小貓一樣緊緊相依的雙色牡丹餅，很想馬上放進嘴裡，但我身體無法接受。

我突然想起了武雄爺爺。那是我的第一次點心時間，那次吃的是武雄爺爺點的台灣點心——豆花，豆花上淋了熱騰騰的花生湯。

武雄爺爺並沒有吃豆花，而是一直看著眼前的豆花。我當時以為他沉浸在往事的回憶中，但也許武雄爺爺和我現在一樣，雖然非常想吃，卻已經吃不下了。

不知道武雄爺爺目前人在哪裡？是不是已經順利去了天堂，和爸爸、媽媽會合了？

我輕輕拿起裹了黃豆粉的牡丹餅，像親吻般吃了一小口，黃豆粉的香氣和紅豆泥的甜味滲進身體。這樣已經足夠了。

隔壁房間傳來了歌聲。

這是誰的聲音？嗯，對了對了，是海鷗的聲音，音樂療法師海鷗彈著吉他在唱歌，但唱得真大聲。

當我睜開眼睛，難得看到了灰色的天空，但並不是會讓人忐忑不安的灰色，而是可以讓人預知明天的世界將是萬里晴空。

六花不在身旁，天使形狀的光在天花板搖曳。

現在幾點了？我打開了手機的電源，忍不住大吃一驚。

星期五？從點心時間至今已經過了五天。

我緩緩坐了起來，在睡衣外披上睡袍，覺得兩腿之間有什麼硬硬的東西，才發現自己穿了尿布。

終於到了這一天。但我也不忍心因為我微不足道的自尊，而把床單和床弄髒。我應該感謝目前還能夠勉強用雙腳站立，我可以清楚感覺到，自己的身體變輕了。

這是我第一次感覺到隔壁房間這麼遙遠。我抓著牆邊的扶手，勉強來到粟鳥洲的房間前。當我用全身的力氣推開門時，再度大驚失色。

因為我看到一個偶像團體，不，正確地說，是一群扮成偶像的大嬸出現在眼前，瑪丹娜也在其中。

我忍不住懷疑，難道這也是虛幻夢境的延續？雖然只有片斷的殘像，但我似乎一直在做各式各樣的夢，有惡夢的記憶，也好像一直被追著跑。我覺得很熱，一直想吃冰淇淋。

粟鳥洲躺在床上，面如土色，比我記憶中的他更加蒼老，完全變成了老頭子。但他仍然不時動著嘴巴，試圖跟著海鷗一起唱歌，圍在他們周圍的那群大嬸隨著歌聲起舞。

瑪丹娜看到了我，招手邀我加入。

「雫小姐，妳也一起來跳舞，這是昇天舞，是粟鳥洲先生強烈的要求，幸好妳趕上了。」

那群大嬸不知道已經跳了多久，額頭上都閃著汗水。

突然邀我一起跳舞，我完全搞不清楚狀況，而且只有我穿著睡衣，根本無法炒熱氣氛。更何況我前一刻還在發燒，怎麼可能馬上跳舞？

然而，我在粟鳥洲的表情中感受到一道光，因為他看起來很幸福。心醉神迷。這四個字應該就是為了此刻的粟鳥洲而存在，他的臉上甚至浮現出好像觀世音菩薩般淡淡的笑容。

「粟鳥洲先生！」

一曲終了，海鷗大聲叫著，那群大嬸偶像也跟著叫了起來。

粟鳥洲在女人歡快的叫聲中離開了。

昇天這兩個字，完全是他啟程前往天堂的寫照。

「他的願望實現了。」

瑪丹娜鬆開合起的雙手說。粟鳥洲的臉上仍然是心醉神迷的表情，好像一直在笑。海鷗靜靜地注視著他長眠的臉。

「他走得很完美。」

瑪丹娜扶著我，慢慢走回房間時深有感慨地說。

「粟鳥洲先生看起來很幸福。」

「所以我就說了，死亡就是達到高潮。」

瑪丹娜完全忘記了自己正在扮演偶像，我只要看著她，就會忍不住笑出來，所以在說話時，盡可能不看她。

「他來這裡之前，是一本正經的國家公務員。」

「啊？他是公務員？」

我忍不住凝視瑪丹娜的臉，差一點噗哧一聲笑出來。

「對，他以前完全不苟言笑，一直很羨慕可以若無其事地說冷笑話的同事和下屬。」

瑪丹娜很冷靜地回答。

「我完全無法想像。」

我說道。

「他很討厭這樣的自己，所以在人生的最後階段改變了自己的形象。他原本姓鳥洲，起初在名牌上也寫了鳥洲友彥的本名。但有一次，他一臉嚴肅地跑來問我，可不可以在自己的名字前加一個『粟』字。我回答說，當然可以。結果他說希望可以用這個新名字製作名片，於是我就用辦公室的印表機為他印製，妳就是他第一個發名片的對象。」

「原來是這樣，沒想到他的名字有這麼深遠的意義。」

既然這樣，他應該一開始就這麼告訴我，但正因為是他，所以才說不出口吧！

「他成功地改變了形象。」

我一直以為粟鳥洲是一個阿宅色老頭。

「他看到妳對他敬而遠之，感到很高興。」

「怎麼可能……」

我並沒有討厭他，但真的有點避之不及。

「因為妳很坦誠地把心情寫在臉上，所以他稱讚妳表裡如一，還說很希望自己可以和妳一樣。他因為工作的關係，接觸過很多年輕人，所以能夠憑直覺一眼就看出來。」

我並沒有做任何值得他稱讚的事，但是聽到他說我表裡如一，內心真的很高興，因為這正是我來到獅子家園後的課題。

「等一下我們來討論之後的事。」

瑪丹娜說完，沿著走廊離去。

很奇怪的是，我竟然沒有感到悲傷。一定是因為粟鳥洲死得很乾脆，於是我再度覺得，自己也希望像他那樣開朗痛快地死去。

粟鳥洲為我示範了該怎麼死。

我發現粟鳥洲翹著二郎腿，坐在我房間窗邊的椅子上。

「粟鳥洲先生，你怎麼會在這裡？你已經死了啊！」

我對著他說。

雖然想到可能是鬼魂，但一點都不感到害怕。

「小雫，因為我很擔心妳，所以來看看妳，而且也想謝謝妳在我臨終時，一起跳舞為我送行。」

粟鳥洲用比生前更有活力的聲音說，我立刻知道，這是他原來的聲音。

「不要叫我小雫，我們哪有這麼熟？」

我終於說出了一直想對他說的話。

「我好心來接妳，妳還是這麼毫不留情。」

「不必了，謝謝你的好心。我還不想去那裡，而且我也很好奇明天的早餐是什麼粥。」

「妳這是什麼態度嘛！一點都不可愛。」

「不可愛也沒關係。這不重要，我想知道死的時候是什麼感覺？」

「不告訴妳。」

「不要這麼小氣，告訴我嘛！因為這種事只有經歷過的人才知道。」

「嗯，是啊！」粟鳥洲做出了像沉思者雕像的姿勢陷入了沉思，接著說道：「屁股那裡有飄起來的感覺，然後就像被抬到一艘很大的太空船。」

「所以真的很舒服嗎？不會有疼痛、痛苦，或是害怕的感覺嗎？」

我探出身體，問了自己最關心的事。

「這是秘密，妳可以自己體會，反正很快就輪到妳了。」

「雖然是這樣沒錯。」

我說道。

「下次我們來約會。」

粟鳥洲向我擠眉弄眼。

「在哪裡約會？」

「當然是天堂啊！」

「啊！恕我拒絕。」

我半開玩笑地說。

因為對我來說，天堂是一個很甜蜜、美好的樂園，隨時被美麗的鮮花包圍，蝴蝶和鳥兒優雅地嬉戲，所以不會在那裡見到粟鳥洲，更不可能和他約會。這麼說有點不禮貌，他完全不是我喜歡的類型，但這可能是因為我是用他改變後的形象來判斷他的關係。

「妳還真不給面子。」

栗鳥洲嘟著嘴嘀咕道，我假裝沒聽到。

這時，栗鳥洲突然把臉湊到我面前。

不妙，他會強吻我！我立刻向旁邊一閃，躲過了他。我人生最後的吻已經交給田陽地了。但是，下一剎那，栗鳥洲不見了。

「栗鳥洲先生？」

因為他突然消失，我有點不安，所以叫著他的名字，但他沒有回答，於是我決定模仿海鷗。

「栗鳥洲先生！」

這麼大聲叫他，他也許會再度出現。

這個聲音讓我短暫醒了過來。不過，即使我想睜開眼睛，眼皮被眼屎黏住，完全睜不開。我想拿掉眼屎，手卻抬不起來，無奈之下，只好再度閉上眼睛。

接著出現了一個比我更年輕的女人，那個女人抱著膝蓋，坐在和栗鳥洲相同的位置。

「妳終於看到我了。」

那個人開口說。

「妳是哪一位？」

我很有禮貌地問。

「我是媽媽啊！」

那個人說道。

「媽媽？誰的媽媽？」

「當然是妳的媽媽。」

那個人有點氣鼓鼓地說。

「喔！」

聽她這麼一說，我想起她和放在佛壇上的媽媽照片很神似，但這是我第一次面對面和她說話。

「因為本人和佛壇上的遺照感覺不一樣，所以我沒認出來。」

我據實以告。

「妳這個孩子真沒禮貌，媽媽來看妳，妳竟然連我是誰都不知道。」

她嘟起了嘴，我不知道該怎麼叫她，所以和她說話時刻意省略了主詞。

「所以現在是幾歲？」

「二十五歲。」

她回答說。這意味著她一直維持去世前的年紀，年紀並沒有增加。

我的親生父母在一場豪雨中，開車去參加遠房親戚的法事，結果被捲入河水暴漲的河流中。原本那天我也要和他們一起去，但因為我前一天晚上發燒，所以就把我寄放在保姆家。如果我沒有發燒，我可能就和父母一起被沖走了。而媽媽的雙胞胎弟弟，代替我的父母養育我長大。

「我的年紀還比較大，好奇怪的感覺。」

我說道。

「我才要說這句話，而且妳竟然連媽媽都認不出來，我太傷心了。」

她也不甘示弱地說。

「有什麼辦法，在我懂事的時候，家裡就只有爸爸而已。」

我特地強調了「**爸爸**」這兩個字，我希望眼前的她能夠相信我和爸爸之間的感情。

「是啊！對不起，這麼早就死了。」

她語帶沉痛地說。

「沒關係，我和爸爸在一起很幸福。」

我說道。

「我知道，弟弟真的很照顧妳。」

他們不光小時候形影不離，長大之後，這對雙胞胎的姊弟感情也很好，正因為這樣，爸爸才願意照顧姊姊留下的遺孤。

「但有時候也讓妳承受了不少痛苦，我真的覺得很對不起妳。」

「嗯，偶爾也會感到寂寞，但現在回想起來，我覺得自己的人生不好也不壞，好事和壞事加加減減，最後剛好扯平了。」

「即使妳生了病？」

「嗯，正因為生了病，才遇到一些人，而且還養了狗。」

這時，我突然想到了六花。

「六花！」

我大聲叫著。

這個聲音讓我再度醒了過來，窗邊的椅子上，已經不見那個人的身影了。

口乾舌燥。我猜想自己應該在發高燒，渾身都很熱，很想馬上吃冰淇淋。但我現在已經沒有能力告訴別人，我想吃東西。

我想吃。我想吃。我想吃。我想吃。冰淇淋。冰淇淋。冰淇淋。冰淇淋。

我就像在唸經般唸唸有詞。

不知道為什麼，外公竟然出現在我面前。

「小雨。」

外公在我耳邊叫著我的名字，回頭一看，他和我躺在同一張床上休息。

「怎麼了？」

「我來看妳啊！」

我感到納悶，因為外公早就死了。但看到外公，還是感到很懷念，我想起爸爸在外公的葬禮上放聲大哭。

「外公，好久沒看到你了，你還好嗎？」

「很好啊！妳看我脖子不痛了，手也不會發麻了。」

聽到外公這麼說，我才想起以前經常為外公捶肩膀。

「要不要我幫你按摩肩膀？」

我問道。

「謝謝，但現在已經不痛了，不用按了。」

外公說道。

「這樣啊！」

我又躺了下來。

「外公，你曾經罵過我一次。」

「有這回事嗎？我怎麼會罵妳呢？」

「當然有啊！因為爸爸也從來沒有那樣罵過我，所以我當時很難過，但又有一點點高興。」

「妳一直都很乖，我真的罵過妳嗎？」

外公好像真的不記得了。

沒錯，我無論去哪裡，大家都說我很乖，無論左鄰右舍，還是學校的老師、同學的媽媽，都說我很乖。所以當外公罵我，我知道還有另一個不乖的自己，感到有點高興。

我和外公聊著天，覺得有點累了，於是就閉上眼睛休息。當我回過神時，外公不見了。

然後，那個說是我媽媽的女人又出現了。

「機會難得，我們要不要出去玩？這可是千載難逢的機會。」

「妳可不可以不要吵？我在休息。」

「太可惜了。」

「什麼太可惜了？」

「我們難得可以見面，錯過這個機會，以後可能再也見不到了。」

她拉著我的手臂，硬是想把我拉起來。

「妳不要這麼粗魯嘛！」

「妳怎麼用這種態度和媽媽說話？」

「雖然妳是我媽，但年紀比我還小，更何況我根本不記得妳。」

我在睡覺被她吵醒，心情很惡劣。

「我也很無奈，想避也避不開。而且我記得妳喝很多奶的樣子，還有第一次對我笑的樣子。我很愛妳，離開妳很痛苦，我無法接受自己死亡的事實。幸好弟弟很努力照顧妳，我一直遠遠地守護著你們。我也很想帶妳去動物園，帶妳去露營，很想加入你們，卻沒辦法做到。妳知道我有多想和妳手牽手走在街上嗎？如今好不容易有了這樣的機會，妳卻用這種態度對待我，真是太過分了！」

她痛切地訴說著不滿。

「妳不需要這麼生氣嘛！但爸爸總是告訴我，只要遇到好事，就要感謝在天堂的媽媽和爸比。」

現在回想起來，爸爸在我的親生父親問題上一直很小心。

「我知道，只要有人想起我，地球就會變得明亮。」

「是嗎？地球會變亮？」

我驚訝地問。

「是啊！我不知道要怎麼形容，但反正我可以感受到：**啊，現在有人回想起我。**」

「我以前都不知道有這種事。」

「小雨，我們去玩嘛！我要買新衣服給妳，和女兒一起去逛街是我的夢想。」

她說完這句話，再次想把我拉起來。

「我不需要新衣服了。」

我說道。

「那我們去吃冰淇淋，妳不是想吃冰淇淋嗎？」

她仍然不甘罷休。

「妳怎麼知道？」

「只要是妳的事，我全都知道。妳想吃什麼口味的冰淇淋？」

「香草。」

我不加思索地回答。

「還真古板。冰淇淋上面要加什麼嗎？」

「不需要，我喜歡吃簡單的香草冰淇淋。什麼古板？」

「妳怎麼連古板都不知道？古板就是保守、無趣的意思。先不管這個了，那我要吃什麼冰淇淋呢?」她想了一下後,興奮地說:「我要椰奶和優格口味,還要加杏仁片。」

「妳也太貪心了吧?而且吃這麼多會拉肚子。」

「沒關係,因為我很愛吃冰淇淋。」

「原來是這樣,所以我愛吃冰淇淋是遺傳。」

「有可能喔!」她發出了和她年齡相符的幼稚聲音。不一會兒,她又說:「妳可以叫我一聲媽媽嗎?因為妳從來沒有叫過我。」

也許真的從來沒叫過她,因為她去世的時候,我才剛學走路,還不太會說話。

「媽媽。」

我叫了一聲。

「哇,好開心!謝謝妳。」

她真的露出了欣喜的表情看著我。

「我的名字是妳幫我取的嗎？」

我的名字總是讓我想起和媽媽之間的關係。

「對啊！因為我很愛大海，所以很喜歡海野這個爸爸的姓氏。我想了很久，想找一個適合海野的名字，最後想到了『雫』這個字。」

「是喔！我完全不知道。沒有人反對嗎？」

我好奇地問。

「小雨，妳該不會不喜歡自己的名字？」

她露出發自內心感到不安的表情。

「我很喜歡啊！大家都說我的名字像偶像或是配音演員。」說完，我由衷地對她說：「謝謝！」

我既感謝她為了取了這個名字，也很謝謝她生下了我。的確很少有機會能見到死去的母親，一定是因為我此刻徘徊在死亡的邊緣。

「我希望妳告訴我一件事。」我仍然躺在床上問她。「天堂是什麼樣的地方？」

這是我目前最關心的事。

「是一個很出色的地方。雖然很難用言語貼切地形容，但就像是從原來視力很差，什麼都看不清楚的狀態，突然有了一副完全符合自己視力的眼鏡，所有的事物都可以看得一清二楚。或許可以說是完全不同的境界，會覺得以前的世界就像是原始時代。」

她一臉沉醉的表情說道。

「是喔！原來是比地球更美麗的地方。」

我說道。

「但是，」她稍微加強了語氣，「最重要的是活在當下，用自己的身體去感受。我現在很懷念對自己肉眼看到的東西產生感動，感受觸摸、感受氣味、用舌頭嚐味道等這些事。因為一旦失去了身體，很多事情都做不到了。我是在死了之後才發現這件事的意義。」

「所以妳很後悔這麼早就死了嗎？」

我反問道。

「嗯，」她陷入沉思，然後好像慢慢在內心深處尋找答案般地說：「我相信這並不是後悔不後悔的問題，這是我想避也避不開的結果。我必須從中學習，那就是我當時的人生課題。」

「原來是這樣。」

即使她對我說「**人生課題**」，我也搞不太清楚是怎麼回事。

「起初失去了身體，瞭解到很多事，我感到很興奮，也很快樂，很想歡呼。但漸漸開始眷戀以前有身體的時候，覺得回到那個狀態也不錯，對以前遭遇的痛苦和痛苦的心情，都感到很懷念。我相信這就是所謂的，失去了才知道珍貴。」

媽媽說到這裡笑了笑。她的笑容看起來很幼稚，我忍不住想，媽媽果然年紀比我小，我已經無法再露出像她那樣天真無邪的笑容。

「所以，妳馬上就要轉世投胎了嗎？」

我重拾了剛才的話題。

「對啊！因為地球上已經沒有需要我守護的對象了。」

她一臉無趣的表情說道。

「原來妳一直在守護我。」

我驚訝地說。

「當然啊！」

她加強了語氣。

「妳是我懷胎十月生下的孩子，我必須對此負責。我盡了自己最大的努力，讓妳每天可以笑一次，這個使命也即將完成了。」

她深有感慨地說。

「媽媽。」

我叫喊著她。

「什麼事？」

她轉頭看著我。

「我還想繼續留在這裡一下下。但時間到了，妳會來迎接我嗎？」

我繼續說道。

「那還用說嗎？」她毫不猶豫地回答，「我就是為了這個目的，所以才先去天堂啊！」

「那我們一言為定喔！」

「嗯，絕對言而有信。」說完，她稍微坐直了身體，目不轉睛地看著我說：

「小雨，妳心地很善良，媽媽發自內心感到幸福。」

又有一個陌生人出現在我面前，也許她已經出現在那裡很久了。

她是一個長髮美女，坐在椅子上，眺望著大海的方向。

我很納悶她是誰，悄悄地叫了一聲。

「很高興認識妳。」

她緩緩轉頭看著我。

「不好意思，我把妳吵醒了嗎？這裡看到的瀨戶內海勾起了我的回憶。」

聽她這麼說，我忍不住猜想：**她以前是不是也曾經住在獅子家園？**她的鼻子很挺，是一個冰山美人。

「我叫海野雫。」

我希望認識她，所以主動報上了自己的名字。

「我叫鈴木夏子，請叫我小夏。很久以前，我也是這裡的客人，然後從這裡上了天堂。今天我來這裡，是來向妳道謝。」

夏子直視著我的眼睛說。

「道謝？為什麼向我道謝？」

夏子可能期待我問這個問題，她露出了像向日葵般的笑容。

「因為妳真心愛六花。」

「啊？所以妳是……」

「沒錯，我是六花的前飼主。」

我完全沒有想到會遇到六花的前飼主。

「謝謝妳。」

我對她說道，在說話的瞬間，兩行眼淚流了下來，內心充滿了對夏子的感謝。

「我才要謝謝妳，看到六花幸福的樣子，我發自內心感到幸福。」

夏子的雙眼也泛著淚光。

「我真的很喜歡六花。」

「我知道，我以前也很喜歡六花，但因為放不下六花，所以一直無法去遙遠的天空。」

「所以妳一直在六花身旁守護牠嗎？」

就好像我的媽媽守護我一樣。

「是啊！簡單地說，就是這樣。我很擔心牠有沒有吃飯，有沒有人帶牠去散步。在妳來這裡之前，也有很多人愛牠，根本不需要我為牠擔心。我想應該是我自己不想離開六花的身邊，所以才一直在附近逗留。但是，即使六花真的發生了什麼狀況，我也無法具體為牠做任何事，沒有身體就會變成這樣。六花需要的並不是像我這樣的存在，而是有溫度的肉體，妳給了六花溫柔的溫暖。」

我聽了夏子的話，更加淚流不止。

「也許妳不知道，六花和妳依偎在一起睡覺時的臉，完全就是無比幸福的樣子。我最喜歡看著牠睡覺的樣子，因為牠會用全身表達愉悅，表達牠感到很舒服。光是看到牠那樣的表情，我就感到幸福。雖然有很多人疼愛牠，但我已經很久沒有看到牠這麼幸福的表情了。正確地說，自從我失去身體之後，就再也沒有看過牠露出那樣的表情。別看六花那樣，牠並不是隨便會喜歡別人的類型，牠好惡很分明，絕對不會對沒有興趣，或是不喜歡的人搖尾巴。但是，遇到自己喜歡的人，總是笑臉相迎。六花是一隻很老實的狗。」

「妳在哪裡認識六花？」

「嗯，這件事說來話長。」

夏子說了這句開場白後，講起了和六花認識的過程。

「我是透過動物保護團體認識六花。那時候我剛離婚不久，很多事情都很不順，也沒有聊天的對象。有一天走在路上，剛好看到張貼的廣告，說這隻狗正在尋找飼主。那時候，六花還是幼犬，雖然不知道牠正確的生日，但動保團體的人告訴我，牠應該六個月大。牠的身體和現在幾乎沒有太大的變化，還帶著稚氣。當我去看牠時，牠看著我『嗷』地叫了一聲。

牠這麼可愛，為什麼會被動物保護團體收留？我感到難以理解。原來六花有嚴重的過敏，應該是生下牠的母犬被迫一次又一次生產的關係，我那時候第一次瞭解日本寵物業界的可怕真相。我覺得在人生中的那個時間點認識牠也是一種緣分，於是決定把六花帶回家飼養，期待受了傷的人和狗一起生活，或許可以帶來改變。」

「那是妳第一次養狗嗎？」

「對，在此之前，我對狗並沒有太大的興趣。起初的確很辛苦，因為牠是女生，所以會到處尿尿，再加上牠嚴重過敏，不能吃市售的狗食，每一餐都要自己煮給牠吃。雖然辛苦，但六花每天為我帶來了好幾倍、甚至好幾十倍的幸福。原本我的天空很陰沉，在遇到六花之後，一下子放晴，變成了一片藍天。和六花在一起太快樂了，原本因為離婚陷入沮喪的我，人生發生了巨大的改變。」

「是妳為牠取了六花這個名字嗎？」

「對啊！我在夏天出生，所以叫夏子。六花應該在冬天寒冷的時期出生，而且牠有一身雪白的毛，簡直就像雪一樣，所以我就為牠取了這個和雪有關的名字。」

「我覺得六花這個名字好美。」

我對著她說，而且我真的這麼認為。

「謝謝，聽到妳這麼說，我太高興了。六花對我來說，是無可取代的存在，至今仍然是我的一部分。所以只要六花幸福，我也感到幸福。」

「我能夠體會妳這種心情，因為我也會覺得六花的事就是我的事。只不過很快就要離開牠，我感到很難過。」

我對她說出了內心的感受。

「是啊！真的很難過。我當初也為了能夠在六花身旁多停留一天，一個小時，一秒鐘，堅持到最後一刻。不過，請妳放心……」

夏子看著我，然後像在吐氣般緩緩再度開口。

「六花知道一切，牠很擔心妳因為牠的關係，忍受著疼痛，遲遲捨不得離開。我今天來這裡，除了向妳表達感謝，也要同時告訴妳這件事。」

六花竟然知道我所有的情況……

「六花真的很貼心。」

「對啊！六花的心胸比我更寬，也更深。」

我們一起看著大海。

「好美！」

「對啊！」

「我有點累，想稍微休息一下。小夏，妳可以繼續在這裡，這裡的夕陽也很美。」

「謝謝。」

夏子看著海浪靜靜拍打的大海回答。

但是，當我再度睜開眼睛時，夏子不見了。

如今的我，即使早晨看到美麗的大海，也無法把耳機塞進耳朵聽音樂了。

如果是以前，我一定會唉聲嘆氣，但是現在不一樣了。因為我已經知道，每天早晨聽的音樂已經在這裡，我可以一次又一次在腦海中重播那些音色。音樂隨時都伴隨我左右，簡直就像我的內臟一樣密不可分，所以我不會再感到哀傷。

不光是大提琴演奏的優美旋律，我小時候看過的風景、和爸爸一起共度的平靜時光、吃過的食物、喜悅和悲傷，我人生中所有的一切都在這裡，都累積在我的內心。

其中還包括了父母的溫暖和眼神，在他們眼中，剛出生的我是他們的心肝寶貝。不可思議的是，越接近死亡，我越能強烈感受到親生父母的存在。因為有他們，我此刻才會在這裡。

我的身體比之前更不自由，但我時而歡笑，時而哭泣，我感謝自己還沒有失去感動的心，我的淚水百分之百都是喜悅的。

我真是太幸福了。每次感受到這一點，我都會熱淚盈眶。

又到了星期天的點心時間。

這次或許是我的點心中選。

嗎啡讓我再度提升了生活品質。我覺得自己可以走過去，雖然走起來搖搖晃晃，但好久沒有用自己的雙腳走路了。

我坐在壁爐旁的固定位置等待點心時間開始。

武雄爺爺的豆花、老闆的可麗露、小百的蘋果派，還有縞奶奶的牡丹餅，所有的點心都成為我身心的一部分，但我的記憶到此為止。

「那就開始了。」

瑪丹娜像往常一樣朗讀著紙上的內容。

大師也來了，修女十分難得也坐在點心室。

「我和爸爸兩個人相依為命。無論小時候還是現在，我都很喜歡爸爸。我記得那是在我小學二年級還是三年級的時候，爸爸的生日剛好是星期天。在那之前，只有爸爸為我慶祝生日，我從來沒有為爸爸慶祝過生日。那次我突然靈機一動，覺得可以為爸爸舉行生日派對。

那一天，我第一次挑戰一個人做點心。之前我曾經和爸爸一起在廚房做過簡單的點心，但從來沒有自己動手過。我很熱衷自己想到的這個好主意，翻開爸爸以前用的甜點食譜，決定了要做什麼，然後抄下需要的材料，自己一個人去買回來。我猜想爸爸一定提心吊膽地看著我獨自忙來忙去，但我對做點心這件事興奮不已，根本沒有想到爸爸的擔心。我還對爸爸說，絕對不可以走進廚房，要他一直在其他房間裡等著。

我記得當時選擇了法式千層蛋糕。只要煎很多輕薄的法式餅皮，夾香草卡士達醬後，一層一層疊上去就可以完成。我當時雖然是小孩子，但還是懂得挑選自己也有辦法做出來的簡單甜點。不需要用烤箱，可以用平底鍋完成，應該也是我挑選法式千層蛋糕的理由。

將麵糊倒進平底鍋，做了好幾片薄餅，然後再打發鮮奶油，因為家裡沒有電動攪拌機，只能用攪拌器不停地打，卻遲遲發不起來，我差一點放棄。但是，我不能找爸爸幫忙，所以只能一個勁地繼續打，手都快要斷掉了。中途開始，可能放在容器下面的冰塊發揮了效果，終於成功了，讓我總算鬆了一口氣。

接著，要把打發好的鮮奶油夾在煎好的薄餅上，一層一層疊起來。我除了鮮奶油以外，還夾了冰箱裡的果醬，而且是好幾種類的果醬一起夾進去。鮮奶油之後夾草莓醬，再夾一層鮮奶油，這次換橘皮果醬，讓口味更富有變化。因為我們家的早餐都是以麵包為主，所以冰箱裡有各種不同種類的果醬，還有爸爸自己親手做的。

原本我很想在最後像市售的蛋糕一樣，用巧克力寫上『爸爸，生日快樂』這幾個字，但我在買材料時沒想到，沒有買到裝在容器內的巧克力鮮奶油，所以我把折紙剪成心形，上面寫了祝賀的話，放在完成的法式千層蛋糕上。這是我人生中第一次自己做的點心。我把自己做的法式千層蛋糕用保鮮膜包好後，放進了冰箱。

晚上，爸爸叫了壽司外賣，我們一起看錄影帶，一起吃壽司。最後，終於輪到蛋糕登場了。我想給爸爸一個驚喜，把法式千層蛋糕端上桌時，故意背對著他，我在法式千層蛋糕上插了一根小蠟燭，為爸爸慶生。我無法忘記法式千層蛋糕的味道，雖然自己說有點奇怪，但真的很好吃。最令我高興的是，爸爸也很開心。我希望在去天堂之前，再吃一次當時的法式千層蛋糕。」

瑪丹娜朗讀到這裡，鞠了一躬，然後把紙折了起來，放進了女僕裝的口袋裡。

「我記得。」

這時，不知道哪裡傳來了一個熟悉的聲音。

那絕對是爸爸的聲音。

為什麼？爸爸怎麼可能出現在獅子家園？太奇怪了。我這麼想著，緩緩轉過頭，看到爸爸坐在窗邊的椅子上。

這是怎麼回事？我陷入了混亂。**難道爸爸也已經死了，所以來迎接我嗎？**我茫然地這麼想著。

「小雨。」

爸爸看到了我，露出了驚訝的表情。

「雫小姐，妳醒過來了？」

瑪丹娜用平靜的聲音問我。

「我……」

我開了口，但即使想要出聲，也只能發出輕微的，好像在竊竊私語般的聲音，腹部無法用力。

「雫小姐，妳還活著，妳爸爸來看妳了。」

瑪丹娜注視著我的眼睛，緩緩地對我說。這正是我此刻最想聽到的話。

「為、什、麼？」

我問道。**爸爸怎麼會知道我在這裡？**

爸爸說出了我兒時玩伴的名字，微笑著告訴我說，是她告訴爸爸的。

爸爸走了過來，輕輕摸著我的手，然後不經意地擦去我的眼屎。

「小雨，妳很努力。」

爸爸說道。

「對，雫小姐真的很努力。」

瑪丹娜也這麼說。

「六花。」

我說，想馬上看到六花。

「我馬上去叫牠。」

瑪丹娜快步走了出去。

我看著好久不見的爸爸。我以為再也見不到爸爸了。

當我用電子郵件通知兒時玩伴近況時，也許就在期待可以用某種方式傳到爸爸的耳中。即使表面上，我已經做好了不再和爸爸見面的心理準備。原本以為爸爸會罵我沒有把生病的事告訴他，但他什麼都沒說。

「對了，這個給妳。」

爸爸說著，從紙袋裡拿出用方巾包著的盒子，他在我身旁俐落地拆開了方巾，打開盒蓋，裡面是飯糰。米粒亮晶晶的等邊三角形飯糰，很像是瀨戶內的島嶼。我想起來獅子家園時，在船上看到的風景。

「小雨，妳要吃嗎？」

我很想大口咬飯糰，但我的身體已經無法接受。**對不起！**我心裡這麼想著，搖了搖頭。

爸爸溫柔地默默撫摸著我的頭，爸爸的掌心很溫暖，就像太陽一樣。我很慶幸他是我的爸爸，而且我也由衷感謝在天堂的爸爸和媽媽帶我來到這個世界。

「雫小姐。」

瑪丹娜把六花抱在胸前走了過來，六花立刻跳到我的床上，依偎著我，這是六花用牠的方式親熱地向我打招呼。牠蓬鬆的毛就像細膩的泡沫般包覆我的手掌，可是我已經無法回應六花親熱的招呼，但我用心聲大聲地告訴牠。

六花，我見到了你最愛的人。

夏子也說她很愛你。

六花，你和夏子一起渡過了許多美好的時光，真是太好了。

就在此時——

「我將今天點心時間提供給大家吃的法式千層蛋糕拿過來了。」

瑪丹娜突然用開朗的聲音說。

原來我剛才在點心室的一切都是幻覺嗎？我現在仍然搞不清楚哪一個是現實，哪一個是幻想，現實和幻想也完全有可能在轉眼之間翻轉。

「我去準備茶。」

瑪丹娜靜靜地走出房間，但重新獨自面對爸爸，我也不知道該說什麼。而且，我已經幾乎發不出聲音了。之前預料到身體會無法動彈，也做好了心理準備，但沒有想到會無法發出聲音。

「其實我今天帶了一個無論如何都想要見妳的人。」

爸爸對我說道。

「你、的、太、太、嗎？」

我用幾乎發不出的聲音問。爸爸默默搖頭否認了。

其實我知道爸爸的太太叫什麼名字，但我無法叫那個人的名字，我仍然在逞強。但包括逞強的自己在內，或許就是真正的我。

「是我女兒，她已經快上中學了。我告訴女兒，其實她有一個姊姊，她就一直吵著說要見妳，想要見姊姊。我一直想把這件事告訴妳，但又說不出口。對不起，嚇到妳了！」

爸爸說……我有妹妹！

我很想大聲說話，但是，我說不出來。雖然說不出來，但我努力動著嘴巴，讓爸爸也能夠看到我在說什麼。

我、想、見、她。

當我聽到「妹妹」這兩個字時，內心顫抖不已，這是天大的驚喜。

「好，我剛才叫她在車上等，我現在去帶她過來。小雨，妳躺下來休息一下。」

爸爸一口氣說完這句話，就衝出了房間。

房間內只剩下我和六花，我很想緊緊抱著牠，但我已經沒有力氣把牠抱起來了。

對、不、起。

我猜想自己也沒有力氣讓牠躺在我手臂上了，但我希望可以告訴牠，我對牠的愛絲毫沒有減少。

「妳看，這就是雫姊姊。」

在爸爸的催促下，一個女孩害羞地走進我的房間，手上拿著花束。

「妳、叫、什、麼、名、字？」

我問道。

「我叫梢。」

梢靦腆地回答我的問題。

「眼睛果然和雫小姐很像。」

瑪丹娜為每個人的杯子裡倒了花草茶說道。

我目不轉睛地打量著妹妹的臉。雖然在世人的定義中，她是我的表妹，但對我來說，她就是我的妹妹。我難以相信自己有妹妹，覺得好像在做夢。

我並不是孑然一身。

這麼一想，就不禁喜出望外。好像買了最後一個剩下的福袋，沒想到裡面還裝滿了自己喜愛的東西，有一種賺到的感覺。

「請享用。」

瑪丹娜切開法式千層蛋糕，放在我們面前。

我緩緩坐了起來。海面上的光點欣然起舞，我看著那些光點，也高興得想要跳舞。

雖然曾經那麼渴望，但我已經吃不下法式千層蛋糕了。只不過看到層層疊起的蛋糕，內心就融化了，而且帶著平淡日常生活中閃亮的甜蜜回憶，法式千層蛋糕簡直就是我人生的象徵。

看著爸爸和小梢在我身旁吃著法式千層蛋糕，就已經幸福無比，也想起了和爸爸一起經歷的很多事。

「好、吃、嗎？」

我緩緩地問小梢。小梢用力抿著嘴唇，點了點頭。

她應該第一次看到重病的病人，我很擔心自己會讓小梢感到害怕，但是，見到小梢，我發自內心感到幸福，這是我人生最後的獎勵。

一切都是我人生的結果，此時此刻，是我走過歲月的結晶。

如果我不為自己的人生祝福，誰會為我祝福？

我想要用自己的雙手緊緊擁抱自己，拍著自己的背，慰問自己說：辛苦**了，妳做得很好！**

也許我該在這一刻上路。我突然這麼想。

我已經了無罣礙。我見到了爸爸，而且還見到了意料之外的妹妹。我想這就是所謂的「只要結局完美，一切就完美了」。

回想起來，我的人生趣味無窮，也經歷了酸甜苦辣。在這段人生中必定是要讓我瞭解到，人生不如意十常八九吧！

我閉上眼睛，開始數數，我覺得現在應該可以輕鬆離開身體了。

當我開始數數，回到了幼年時代，我和爸爸一起泡澡。一、二、三、**四**。年輕時的爸爸在我身旁，他的頭髮還很濃密。**五、六、七、八**。泡澡水很溫暖、很舒服。

如果我現在上路，或許會造成爸爸和小梢的混亂。雖然我已經做好了死亡的心理準備，但爸爸和小梢並沒有這樣的準備。如果我現在上路，他們一定會大吃一驚，也可能會後悔。所以，我不能現在就上路。

於是，我再度睜開眼睛……

「要、不、要、去、散、步……？要、不、要、一、起、去、葡、萄、園？」

我對著他們問道。

我比剛才更發不出聲音，發出的已經不是聲音，幾乎只剩下氣息。但瑪丹娜好像會讀唇術般讀取了我說的話，解讀出我想表達的意思。

「好主意，爸爸和妹妹難得來看妳，大家一起去散步。我和工作人員馬上去為散步做準備。雫小姐，妳可以再稍微休息一下。」

瑪丹娜用一如往常的鎮定聲音對我說。小梢淺淺地坐在我的床上，撫摸著六花的背。

我很想和小梢聊天，告訴她很多關於六花的事，也想告訴她法式千層蛋糕的做法，下次小梢就可以自己為爸爸做了。

如果我昨天死了，就沒有機會見到爸爸和小梢。想到這裡，就不由得感謝我的身體還有生命。

雖然我的生命宛如風中殘燭，但正因為還有生命，才會有今天，所以我希望繼續活下去，不想死的願望並沒有錯。

老天爺，謝謝你！我用所有的心聲高聲大喊。

除了瑪丹娜，平時照顧我生活起居的工作人員也一起去散步。我已經無法自己走路，所以坐在輪椅上。當然也帶了六花同行，牠一如往常，像兔子一樣又蹦又跳。

「馬上就進入二月了。」

瑪丹娜仰望著藍天說道。

「不知道哪裡的梅花開了？」

其中一名工作人員也接著說。

「玉筋魚好吃的季節快到了。」

另一名工作人員也語帶開朗地說。

原來快二月了，也就是說，我來獅子家園已經超過一個月了。

我閉上眼睛，用力深呼吸，的確聞到了淡淡的梅花香氣。我用力呼吸著，感覺身體內側好像綻放了許多梅花。我還聞到了自己最愛的柑橘香氣，然後用力吐氣。

只要專注在這個瞬間，就不會為過去煩惱沮喪，也不會擔心未來的事。我的人生只剩下「此時此刻」。

我走到今天，才終於發現這麼簡單的事，只要現在幸福就夠了。

爸爸和小梢放慢腳步走在我的輪椅兩側。我說要去葡萄園，並不是想見田陽地，相反地，我不希望自己像骸骨般的樣子留在他的記憶中。

我想帶爸爸和小梢去看從葡萄園看到的風景，作為我送他們的禮物。我不希望他們帶著離別的悲傷離開，而是把美麗的大海、天空和陽光的記憶帶回家。

這是我唯一能夠送給他們的，而我覺得和他們一起欣賞的美麗風景，是最棒的禮物。

活著，真好！

能夠活到今天，真的太好了！

我已經無法再回到健康的身體，卻找回了健康的心，我為此感到驕傲。

感謝的心情，像春天的風暴般在我內心翻騰。

我奇蹟似地又參加了下一次的點心時間，上天似乎讓我繼續活著。我所有的願望都已經實現了，所以現在輪到我見證別人的心願。

點心室內已經聚集了很多人，可以感受到每個人都十分興奮期待。**不知道今天會是什麼點心？**今天有很多人參加，點心室內都擠不下了，連走廊上都是人。

瑪丹娜像平常一樣站在眾人面前朗讀。不知道是花粉症的影響，還是她感冒了，今天說話時的鼻音特別重。

「學生時代，受朋友之託，為一首流行歌曲寫了歌詞，沒想到一下子爆紅，之後就一直被稱為『大師』。我的人生中從來沒有逆境，永遠都是順風順水。」

是大師，是大師寫的文章。

瑪丹娜繼續朗讀。

「沒想到這樣的我竟然得了癌症，簡直就是晴天霹靂。所謂樹倒猢猻散，得知我的癌症已經無法治療後，原本圍在我身邊的那些人全都跑光光了。」

「這要怪自己。」

我竟然脫口而出，以前從來沒有發生過這種事。

瑪丹娜看向我，用力點了點頭。

「對不起！」

我發現我打斷了瑪丹娜的朗讀，立刻道歉。

瑪丹娜再次深呼吸了一次，讓自己的心情平靜，若無其事地繼續朗讀。

「當我發現自己罹患癌症時，竟然責怪我老婆，說她為了遺產，在我吃的東西裡下了毒。我原本只是開玩笑，沒想到我老婆隔天就離家出走，留下一張離婚登記申請書。」

這是理所當然的事，自己得了癌症，竟然責怪別人，簡直太離譜了。

雖然我這麼想，但這次沒有說出來。

「我經常在外面玩女人，每次分手，就回到老婆身邊。我覺得我建了一棟漂亮的房子，買了車子和珠寶給她，讓她可以出國旅行，她就滿足了。我以為一切都可以隨心所欲。」

真受不了有這種想法的人，大師這個人也太一廂情願了。但我這次也沒有說出口。

「上次我老婆對我說，一個人的幸福，取決於能夠為身邊的人帶來多少笑容。我事後才發現，老婆才是陪伴我到最後的人。」

我為身邊的人帶來多少笑容？

「我當時實在又氣又惱，所以對著她罵王八蛋。雖然她說對了，但我無法在她面前承認。如果不把這一切的結果怪罪在別人身上，我就嚥不下這口氣。」

我當時在走廊上聽到了其中一段。

回想起來，我的身體似乎就是從那時候開始走下坡，但我的身體狀況和大師破口大罵他太太這件事沒有關係。

瑪丹娜的聲音再度響起。

「那天，我老婆帶了蘭姆葡萄夾心餅乾來看我，我最喜歡吃蘭姆葡萄夾心餅乾。但我把餅乾還給老婆，對她說：『**我不需要這種東西，妳帶回去。**』我老婆可能希望在我臨終之前，能夠一起喝茶，一起吃蘭姆葡萄夾心餅乾。

我無論怎麼向我老婆道歉都不夠，其實我已經反省，知道自己做錯了。生了病之後，真的有生以來第一次知道，這個世界上有金錢買不到的東西。當我理解到這件事，就發現世界上到處都是金錢買不到的東西。」

瑪丹娜朗讀到這裡時抬起了頭。

「每個人都在培育自己播下的種子，自己收割，自己收成。」

她用嚴肅的聲音說道。

大師聽著瑪丹娜說的話，哭了起來，但他用力咬著嘴唇，不讓別人發現他在哭。

「而我沒有在田裡播下任何種子，一切都是虛幻。」

大師流著淚說。

瑪丹娜突然抬起頭開始唱歌。那是我也知道的知名歌曲，中途有好幾個人也跟著唱了起來。

「你不是播下了種子嗎?你寫的歌曲鼓勵了不計其數的人。恕我冒昧,我也是其中之一。」

唱完之後,瑪丹娜說道。

點心室內的所有人都鼓掌起來,我也加入了鼓掌的行列。剛才那首歌的歌詞深深打動我的內心深處,雖然我知道這首歌大致的旋律,但除了副歌以外,我第一次認真聽整首歌。純樸而可愛的內容,難以想像出自坐在眼前的大師之手。

「但是,」大師的臉皺成一團,流著鼻涕,像小孩子一樣泣不成聲,「這只是在截稿期前,花了十五分鐘,隨手寫出來的歌詞。這首歌會走紅,根本不是我的功勞。」

像碎石般的淚水從大師的眼中滾落。

「你錯了。」瑪丹娜露出淡淡的笑容說:「雖然只是隨手寫下這首歌,但是你的才能讓你寫出這些歌詞。」

「我的人生已經沒有重來的時間了，無法向我曾經傷害的人低頭道歉，也無法向支持我的人道謝。」

大師就像在神明面前懺悔般獨白道。他脫下鋼鐵盔甲，沮喪地低下了頭，身體好像小了一圈。

「今天為大家準備的點心是蘭姆葡萄夾心餅乾，請大家盡情享用。」

瑪丹娜的聲音響起。

一個以前從來沒見過、頭髮花白的女人，把蘭姆葡萄夾心餅乾發給大家，分發餅乾給每個人時都會鞠躬，她可能是大師的太太。

大師做到了，雖然差一點來不及，但他在活著的時候發現了自己犯的錯，我為他用力鼓掌。

我想起之前瑪丹娜不經意對我說的話：**只要活著，就有機會改變。**

完全沒錯。雖然我當時並不這麼認為，但也許瑪丹娜已經看到大師察覺自己犯下的錯。不，也許是瑪丹娜相信大師的堅定信心，能讓他改變心意。

我也一樣。我來到獅子家園之後，才終於改變。回想當初那個自暴自棄地來到獅子家園的自己，不由得感到羞愧不已，但又同時充滿了憐愛。

瑪丹娜說的沒錯：**人到臨死之前，都有機會可以改變。**

我的面前也有一塊蘭姆葡萄夾心餅乾。

今天除了舞婆婆以外，縞婆婆也在廚房內幫忙。好久沒有看到縞婆婆了，她雖然有黑眼圈，但並沒有太憔悴，氣色也不差，她一臉認真的表情用茶壺為大家倒茶。

「雫小姐的身體怎麼樣？」

我可以清楚聽到走廊上的說話聲，可能有人幫我戴上了助聽器。剛才說話的一定是田陽地，他在和瑪丹娜說話。

「這幾天一直都這樣，自從那天出血之後，意識都很模糊，但有時候會睜開眼睛，不知道在和誰說話。」

「是嗎？所以是不是在這裡和那裡之間來來去去。我媽在臨終的時候也一樣，所以我多少有一點瞭解。」

原來是這樣，原來田陽地的媽媽也已經去世了，我之前都不知道。

「一定是這樣，但聽說直到最後，耳朵都可以聽到，所以你去陪她說說話吧！」

瑪丹娜說道。

沒錯，瑪丹娜說對了，我可以聽到他們的談話。

「蠟燭在熄滅的瞬間最美，人也一樣。看著雫小姐，我深刻體會到這一點。」

瑪丹娜又繼續說道。

田陽地來到我的身旁，靜靜地對我開口。

「那天的大海真的很美。妳和六花坐在後車座上，我覺得自己好像載著家人出遊。妳在車上的時候不是說：『**入住獅子家園真的太好了！**』當時，我一時不知道該怎麼回答，所以就當作沒有聽到。對不起，但其實我聽到了妳說的話。」

我現在也可以聽到你說的話，甚至可以清楚聽到你的呼吸聲。

「為什麼？為什麼必須和妳離別？我們好不容易認識，我想繼續和妳約會，一起去這個島上的很多地方。」

田陽地溫暖地捧著我的手，繼續說道。

我也想和你一起去很多其他地方，從島上的各個角落，眺望各種不同表情的大海。等到夏天，在那片美麗的沙灘上放煙火。想和你、六花一起在大海游泳。

「但是，如果妳沒有生病，我們就不會見面，真是太諷刺了。」

田陽地說的完全正確，如果我沒有罹患癌症，就不會來到檸檬島。

啊，對了，原來是這麼一回事。元旦那天，我學到了修女之前說的話：**吸收所有的不幸，把吐出來的氣變成感謝**。原來就是指目前這種情況啊！

「我很高興認識妳，我會遵守我們的約定，妳放心。我知道妳會變成光，照亮我們。我媽在去世之前說，人死了之後，就會變成光。我相信這句話，所以妳也會變成光。」

田陽地感性地說。

對，我很快就會變成光。

我要變成光，照亮這個世界。

當我這麼想的時候，燦爛的心情漸漸在內心膨脹。

田陽地把自己的臉頰貼在我的臉上，他的味道令我懷念。
「謝謝妳，我覺得我們以後一定還會見面，所以我就不向妳告別了。」
嗯，我也打從心底這麼認為，也覺得我們會以其他的方式再見面，所以這不是離別。

「開動了！」
我小聲地說完，輕輕拿起了蘭姆葡萄夾心餅乾。
把餅乾湊到臉前，聞到了甜甜的奶油霜香氣。小梢的臉在我的腦海中浮現，我也想讓她吃蘭姆葡萄夾心餅乾。
我發自內心地想，即使自己只能吃一半也沒關係，只想看到小梢喜悅的表情。在我的人生中，能夠遇到她，這件事就是我最大的收穫，我也曾經播下了種子。

我的妹妹在茁壯成長的過程中吸收了很多陽光，我曾經承受的孤獨、痛苦和煩躁，都是為了孕育小梢生命的養分。這麼一想，就覺得所有的一切都值得了，那段時間也絕對不是白費。

吃完蘭姆葡萄夾心餅乾，我喝了一口紅茶。

「謝謝款待。」

嘴裡還殘留著葡萄乾、餅乾和奶油霜的餘味。

這時，不知道從哪裡來的呵呵笑聲。

「雫小姐，妳真的辛苦了，好好休息吧！」

耳邊傳來瑪丹娜的聲音。

第一天

雫姊姊去世了。

昨天深夜，接到了這個消息。今天早晨準備出門上學時，媽媽告訴我這件事。

見到雫姊姊至今還不到一個星期，當時，雫姊姊的確還在呼吸，形體也真實存在，觸碰她時，可以感到溫度。現在不一樣了，雖然仍然有形體，已經沒有呼吸了，她的身體也不再溫暖。我想起了幾年前死去的兔子。

玄關的門打開了，爸爸下班回到家裡。

「爸爸回來了。」

我迎接爸爸回家，正在脫大衣的爸爸驚訝地抬起頭。

「因為妳們的聲音太像了，我還以為是小雨。」

爸爸說完這句話，悲傷地笑了笑，我也跟著露出了悲傷的笑容。

「幫我把這個拿去給媽媽。以前小雨很喜歡吃這個，所以我回家時順便買了。」

爸爸從皮包裡拿出竹輪。爸爸和我受到熱衷環保的媽媽影響，買東西都盡可能不要塑膠袋。繼竹輪之後，爸爸又拿出了布丁。

「外面下雨了嗎？」

我發現爸爸大衣的肩膀濕了，於是這麼問道，我放學回家時還沒有下雨。

「嗯，有點小雨，可能是悲傷的淚雨。」

不知道爸爸得知霏姊姊去世的消息時，有沒有流眼淚？我還沒有好好哭過，雖然知道現在應該好好哭一場，但身體還無法充分反應。

「給妳，這是爸爸帶回來的。」

我把竹輪交給了正在廚房做晚餐的媽媽。我覺得竹輪無論形狀和大小，都很像是接力賽的接力棒，然後我把布丁放進了冰箱。

「今天吃什麼？」

我問道。

「爸爸說，小霏以前愛吃雞肉火鍋，所以今天晚上我們一起吃。小梢，妳可以幫忙一下嗎？火鍋差不多快好了，今天也要準備小霏的碗筷。」

「好——」

我故意拉長了尾音回答，然後打開了碗櫃。

爸爸換居家服後，來到一樓客廳。我坐在媽媽旁邊，爸爸坐在我的斜前方，我對面的座位平時都空著，今天是姊姊的座位。

這些新的碗筷都放在碗櫃內固定的位置，我以前一直以為是客人用的，但也許那是雫姊姊專用的。

「要不要喝啤酒？」

媽媽問道。

「好啊！那就喝一點。」

爸爸回應道。

媽媽從冰箱裡拿出啤酒瓶，打開了瓶蓋，倒進爸爸面前的杯子中，結果一下子倒太快，氣泡差一點溢出來。媽媽滴酒不沾，在自己的茶杯裡倒了粗茶，我用杯子裝了自來水之後回到座位。

「獻杯。」

爸爸說著，舉起了裝了啤酒的杯子。

「爸爸，是乾杯啦！」

我以為爸爸說錯了。

「帶著為死去的人祈禱的心情喝酒，稱為獻杯。」

爸爸露出溫和的眼神解釋道。

原來是我搞錯了，我有點不好意思地改了口。

「獻杯。」

「獻杯。」

爸爸和媽媽都一臉平靜的表情，拿起了自己的杯子。

我覺得自來水喝起來有點鹹，感覺像是眼淚被水稀釋後的味道。難道是心理作用嗎？

媽媽為桌上型瓦斯爐點了火，我們一家三口都默默無言地看著圍成一圈的藍色火焰，好像在露營的營火晚會時看著篝火。

「應該差不多好了。」

媽媽打破了沉默，拿起鍋蓋後，發現雞肉丸子就像一顆又一顆的行星浮了起來。爸爸用手拿起籃子內的蔬菜放進鍋子內，把竹輪也一起放了進去。

等待蔬菜煮熟的同時，把香柚醋倒在碗裡，也在姊姊的碗裡滴了香柚醋，然後加入少許辣椒。雫姊姊已經是大人了，和我不一樣，吃點辣應該也沒關係。

「那我們開始吃吧！我們在吃的時候想著小雨，她一定會感到高興。」

爸爸看著鍋裡的蔬菜熟了之後說道。

「開動了。」

我故意用小孩子的開朗聲音說著，然後把筷子伸進鍋內。今天參加了社團活動，所以肚子很餓。我先吃了最愛的白菜，然後吃著熱騰騰的雞肉丸子。

「好吃，但是好燙。」

雞肉丸像是噴著火一樣在我嘴裡炸開了，我好不容易把雞肉丸子吞了下去，一口氣喝完杯子裡的水。水真的有點鹹味。

「結果，我還是沒有見到小雫。」

我在餐桌旁手忙腳亂，媽媽在桌上托著腮，深有感觸地說。

媽媽看著我和爸爸把火鍋裡的食材舀進碗裡吃了起來，但她還沒有開動。我坐在媽媽旁邊，所以看不到，但媽媽可能在哭。

「那也沒辦法啊！因為她說要一個人生活，我總不能硬把她帶來這裡，生活在同一個屋簷下，更何況當時發生了很多事。」

雖然我很好奇當時到底發生了什麼事，但並沒有開口問他們。

上次星期天和雫姊姊見面回來後，我好幾次根據雫姊姊和我目前的年紀，以及我出生時爸爸的年紀，瞭解我的「出現」和雫姊姊一個人搬出去生活是否有直接的因果關係。但算了好幾次，都得出了沒有關係的結論，我為這件事暗自鬆了一口氣。

如果雫姊姊因為我被「製造」出來而變得孤單，就太對不起她了，這不是對不起這幾個字能夠形容的，而是必須跪在她面前道歉的重罪。只不過事情好像沒這麼簡單。

「或許是這樣，但如果可以等到她高中畢業，她也許就不會這麼早……」

可能媽媽內心對雫姊姊的愧疚比我更加強烈，她從剛才開始，就一個勁地嘆氣。

「妳不需要這麼想，當時是小雨自己決定的。」

爸爸在說話時，不知道在自己碗裡弄什麼。

「完成了，完成了。」

我默默看著爸爸，爸爸突然笑著說。他用筷子把竹輪夾了起來，竹輪的洞裡塞了山茼蒿。

「這是什麼？」

我好奇問道。

「小雨小時候不喜歡吃蔬菜，尤其討厭山茼蒿，於是我就偷偷把山茼蒿塞進她最愛的竹輪裡讓她吃。」

爸爸的眼鏡上都起了霧，得意地向我說明。接著把塞了山茼蒿的竹輪放進了雫姊姊碗裡，好像雫姊姊真的坐在那裡。竹輪微微冒著熱氣。

「小梢，妳要不要試試？」

爸爸問我。

我冷冷地回答：「不要！」一會兒又改口說：「我要。」

我也想試試雫姊姊吃過的東西。

爸爸在和媽媽結婚之前，和雫姊姊兩個人一起住在其他地方。雫姊姊並不是爸爸的親生女兒，是爸爸的雙胞胎姊姊生下的獨生女，但爸爸的姊姊和姊夫在一場意外中喪生，於是爸爸就收養了年幼的雫姊姊，獨自把她養育長大。雖然我還不太瞭解所有的情況，但之前開車去雫姊姊住的安寧療護院的路上，爸爸告訴我，雫姊姊和媽媽，還有我一樣，對他來說都很重要。

其實那一天，媽媽原本也要一起去探視雫姊姊，但最後只有我和爸爸一起去。媽媽雖然沒有和我們同行，但從庭院裡採了含苞初放的鮮花，做成了花束交給我。我在沿途一直把花束握在手上，簡直就像在人群中緊緊牽著媽媽的手，避免自己迷路。

「小雨的貼心帶給爸爸很大的安慰，因為她當時就是爸爸活著的意義，但我也漸漸對她的貼心感到理所當然。」

從安寧療護院回家的路上，爸爸這麼說。

爸爸的臉因淚水而發亮，我衝動地想要再去見雫姊姊，「**我們再回去安寧療護院。**」這句話已來到了舌尖。但我說不出口，連我自己都不知道原因。

我知道人生中，有些事可以一次又一次重來，但有些事不行。和雫姊姊見面這件事，就屬於不可以重來的事，一旦重來一次，就會永無止境。

我假裝沒有看到爸爸在哭，從另一邊的車窗看著車外，一片大海閃閃發亮，看起來格外漂亮，整片大海就像是一個巨大的動物。

「也要吃韭菜和蔥啊！」

我坐在那裡發呆，媽媽把很多蔬菜放進我碗裡，爸爸也為我做了山茼蒿竹輪，我不太喜歡吃山茼蒿。

當我不經意抬頭看向前方，覺得好像和姊姊對上了眼，她拿起碗，正準備吃爸爸為她特製的山茼蒿竹輪。但可能是我看錯了，當我用力盯著前方看時，發現那裡空無一人。

雫姊姊去世時三十三歲，我今年十三歲，所以還要再過二十年，才和姊姊一樣大。

「我來試喝一下啤酒。」

我突然靈光乍現。

「啊？」

媽媽發出驚慌失措的聲音，但爸爸的反應一如我的預期，他默默把杯子遞到我的面前，把剩下的啤酒倒了進去。

「只能喝一小口喔！」

「嗯。」

我順從地點了點頭，然後舉杯獻酒，帶著淡淡苦味的黏稠泡沫在舌尖上擴散。雖然這樣形容有點噁心，我覺得好像在吞別人的口水，但又不能吐回杯子裡，所以硬是咬牙吞了下去。

「一點都不好喝。」

我皺著眉頭說。姊姊在我對面掩著嘴呵呵笑了起來。

坐在我面前的果然是雫姊姊。我之前去探視她時，她的手指和手臂都瘦得只剩皮包骨，細得好像用力握住就會折斷，但眼前的雫姊姊比較豐腴，頭髮也很濃密，臉上的氣色看起來很健康。

如果我告訴爸爸、媽媽，姊姊也在這裡，姊姊可能會像直覺敏銳的蝴蝶一樣飛走，所以我假裝沒有發現她。搞不好爸爸和媽媽也都發現了雫姊姊在這裡，只是我們三個人都想的一樣，雖然知道，卻沒有說出口。國王的新衣是負面的教訓，但我們都察覺到雫姊姊，只是基於愛沒有說出來。

此刻，我們一家四口圍坐在餐桌旁。

我難得花了很長時間咀嚼，今晚很安靜，只有食材在鍋子裡發出煮沸的聲音。最後，媽媽煮了鹹稀飯。

「多加一點飯。」

其實我原本想說「**要煮四人份**」，但這麼一來，雫姊姊就會知道我發現她。所以我說得很婉轉，我只說多煮一點，她可能覺得我只是肚子餓了。其實我希望雫姊姊也嚐嚐，熱騰騰又好吃的雞蛋鹹稀飯。

我突然想到一件事，去冰箱拿了醃黃蘿蔔，我從小就很喜歡吃醃黃蘿蔔。

「爸爸，雫姊姊以前是怎樣的小孩子？」

我只喝了一口啤酒，而且只喝到啤酒泡而已，不可能喝醉，但我變得多話。我即將邁入青春期，在爸爸口中已經進入叛逆期，最近很少和爸爸、媽媽聊很多話。

「小雨啊，」爸爸看著瓦斯爐的火，抱著雙臂說，「她真的是一個乖孩子，我相信她長大之後，仍然是個乖孩子。她很善解人意，總是為他人著想，向來不會耍任性。但我覺得她太乖了，搞不好內心很壓抑。總之，她完全不會說別人的壞話，也不會使壞，更不會耍脾氣，或是鬧彆扭。和她在一起，簡直就像和天使在一起。」

爸爸在說這些話時，媽媽為大家的碗裡舀了鹹稀飯。

讀小學時，我說班上一個調皮搗蛋同學的壞話，結果被老師罵了一頓。

雫姊姊和我完全不一樣。

媽媽在姊姊的碗裡也裝了和我一樣滿滿的鹹稀飯，我拿起來後，發現碗變得很重。雖然我不知道雫姊姊喜不喜歡吃醃黃蘿蔔，但我在她的鹹稀飯上也放了一片。

別人經常說我喜歡的東西「很成熟」，我想應該和我被「製造」出來時，爸爸的年紀有關係。

「小雫為什麼最後決定入住那座島上的安寧療護院？」

媽媽在吃鹹稀飯時問道。

「那裡是爸爸和姊姊回憶的地方嗎？」

我插嘴地問。

「我也一直很納悶這件事，但我不知道。我們從來沒有一起去瀨戶內旅行過，不過，小雨以前就很愛吃橘子。」

爸爸回答道。

「再怎麼說，僅僅因為喜歡橘子就去住瀨戶內的安寧療養院，未免太奇怪了，她又不是小孩子。」

我可以感受到媽媽的心浮氣躁。

「對啊！爸爸，這種時候還亂說。」

我也為媽媽助陣。

「但是小雨是真的很愛吃橘子，冬天的時候，經常鑽在暖爐桌裡不停地吃橘子。」

爸爸充滿懷念地說。

雖然我不太能想像爸爸搬來這個家以前的樣子，但爸爸也有在成為我的爸爸之前，在認識媽媽之前的人生。在那段人生中，有雫姊姊。雫姊姊也有比現在更年輕，比我年紀更小的時代，那時候當然沒有我和媽媽，只有爸爸和姊姊兩個人。

「啊，我想到了一個可能的原因。」

當大家都吃完鹹稀飯時，爸爸突然想到了。

「我記得那是小雨讀小三的時候，我和她約定，暑假要帶她去海邊，但後來臨時因為工作要到公司加班，所以就沒辦法成行。」

「一定就是這個原因。」我說道，「姊姊當時有什麼反應？有哭嗎？有沒有生氣？」

「沒有，當時她好像只是說，那明年再去。」

「怎麼可能！」爸爸的話音剛落，我就忍不住抗議，「姊姊也太好說話了！」

我對眼前的姊姊也有點不滿，因為我整天都和爸爸、媽媽吵架，上次還差點和媽媽打起來。

「雫姊姊該不會從來沒有和爸爸吵過架？」

雖然我覺得不可能，但還是忍不住這麼問。我絕對不相信父女之間可以不吵架。

「我想一想……」爸爸悠然地托著臉頰，想了一下後說：「有，曾經有過。那是小雨剛上班的第一年，我們約了一起吃飯。那次她難得主動約我，說她領到了年終獎金，要請我吃壽司。於是我就赴約了，吃完之後，小雨說她離開一下，然後就走到店外，當她回來時，我聞到一股菸味。」

「原來她去外面抽菸。」

媽媽說道。

「對，但是我當時總覺得小雨和抽菸這兩件事格格不入，於是就說：『不太符合妳的形象。』小雨難得反駁說：『我的形象是什麼？』然後她馬上去結帳，走出了壽司店。」

「結果呢？」

我想知道後來的發展。

「爸爸當然也馬上走了出去，向小雨道歉，小雨難得哭了，說著：『你瞭解我什麼？我為什麼不能抽菸？你每次都只看到我其中一面。』」

「也許小雫那次終於對你說了真心話。」

媽媽說完，站了起來，為大家的杯子裡倒了茶。大家當然也包括雫姊姊。

「當我得知小雨生了病也不告訴我，而且打算獨自處理之後的事，老實說，我很難過。因為我希望她更依賴我，想在她陷入痛苦的時候，能夠助她一臂之力，我覺得自己很沒用。但是，我現在覺得，這是她的生活態度，或者說她貫徹了自己的哲學。也許她從小就接受了每個人都是孤獨的這件事，所以我覺得她不是乖孩子，而是一個堅強的孩子。」

雫姊姊聽到爸爸這麼說，得意地點著頭。

「是啊！她不是乖孩子，而是善解人意，並且很堅強的孩子。」

媽媽也表示同意。

「不舉行喪禮嗎？」

我問道。

「小雨已經向瑪丹娜交代了身後事的所有細節，所以爸爸決定尊重她的意願。的確不必拘泥形式，和她有緣分的人，只要在各自心裡為她舉行喪禮或許就可以了。」

「是啊！小雫走得很安詳，我們也要隆重地為她送行。」

媽媽開朗地說，但為自己說的話流下了眼淚。

「那我下個星期要來做法式千層蛋糕。」

我說完這句話，看了雫姊姊一眼，姊姊露出了燦爛的笑容。

「對了爸爸，你為什麼會和媽媽結婚？」

媽媽去洗碗後，我悄悄地問爸爸。

我知道即使是父女關係，也不能隨便問這種涉及隱私的問題。如果我還是小學生，可以天真無邪地開口問，但我現在已經上了中學，照理說不會問這種問題。

果然是因為喝了一口啤酒醉了的關係，所以才會輕易問出這種問題嗎？我知道即使是小孩子，有時也不該多問。

「妳問我為什麼會和媽媽結婚嗎？」

爸爸重複了我的問題。

因為當時已經有雫姊姊了，我當然知道爸爸絕對不可能丟下雫姊姊不管，但是別人可能會這麼認為。

「我不想全都怪罪小雨。那時候，爸爸自己也很年輕，有些事情也不太瞭解，但我想應該是這麼一回事。爸爸當時想要平等地愛別人，我自認為小雨也會接受這件事。」

我相信無論對爸爸和媽媽來說，這都是一件大事。爸爸的表情很嚴肅，抿緊了雙唇。

「當我告訴小雨，我想和一個人結婚，希望她可以見一見那個人時，她在我面前哭了。我當時很受打擊，對自己竟然不知道小雨也會這樣哭泣而深受打擊。原來我根本不瞭解她，只是把事情往對自己有利的方向解釋，理所當然地認為，小雨一定會接受我的決定，甚至認定她會為有新的家庭成員感到高興。雖然有點傲慢，但我甚至覺得自己也同時是為了小雨才結婚。說出來很丟臉，但我只看到她的表面而已。」

爸爸繼續說道。

「當時真的很辛苦，」在餐桌和廚房之間忙個不停的媽媽靜靜地說，「這件事之前沒告訴過妳。媽媽的媽媽生了病，媽媽照顧了她好幾年，已經身心俱疲，當時是爸爸一直在支持我。爸爸和媽媽都打算和小雫一起生活，但是她不願意。」

學校不會教我們遇到這種情況時，怎麼做才正確。爸爸的處境、媽媽的處境，和雫姊姊的處境都不一樣，看到的風景也不一樣。沒有人不對，也沒有人想要傷害別人。

如果我身處雫姊姊的處境，不知道會怎麼做？仍然會希望爸爸和媽媽幸福嗎？

「姊姊很善解人意。」

我看著眼前的姊姊的眼睛說，但我看不到雫姊姊，因為我的眼中都是淚水。我感受到姊姊的善解人意，淚水忍不住流了下來。

雫姊姊應該真的很愛爸爸，一定覺得爸爸很重要。

「真希望可以見她一面。」

媽媽又重複了一次剛才說過的話。

「但我相信幸好沒有見面，因為這樣我們才能夠貫徹自我。」

只有雫姊姊的碗裡還有食物，但已經不再冒熱氣了。

飯後吃甜點時，爸爸在我和雫姊姊面前放了布丁。我每次感冒，爸爸都會買這種布丁回來給我吃。

但今天不是我感冒，而是雫姊姊去世的隔天。

姊姊明明已經去世了，卻坐在我的面前。

「來，吃吧！」

爸爸特地把原本裝在容器中的卡士達布丁倒扣在盤子裡，稠稠的焦糖糖漿像眼淚一樣流了下來。

「每次幫小雨這樣裝在盤子裡，她就會很高興。每回她一個人在家時，都要求買布丁回來當獎賞。附近有一家由一對老夫妻經營的傳統糕餅店，她很喜歡那家糕餅店的布丁。」

姊姊看著布丁，流下了眼淚。我立刻知道姊姊是喜極而泣，我很希望可以像這樣一直和姊姊在一起。

「要不要聽音樂？」

媽媽洗好碗，回到了餐廳旁。

今天晚上和平時的晚餐不太一樣，時間過得也比平時緩慢，應該和雫姊姊去世有關。

「好啊！想聽什麼音樂？」

爸爸操作著音響，客廳內響起了樂音，果然是巴哈的無伴奏大提琴組曲。

在我小時候，每次爸爸放這首曲子，我就哭著說很可怕。

但是，在重複聽了很多次之後，身體不再拒絕，現在反而很想聽。每次聽到大提琴聲，內心就會感到十分平靜。不知道爸爸是否心電感應到我的這種想法呢？

爸爸走去沙發，我也跟著爸爸走過去。像這樣沉浸在飯後的餘韻中，就可以感受到音符進入身體內側，在內臟深處產生共鳴。

這是完全適合今天，適合此刻的音樂。大提琴在哭泣，代替了我放聲大哭。雖然在哭泣，但天空很晴朗，光從雲的縫隙中照射下來，就像那天從安寧療護院回程時看到的大海。

「爸爸，拜託了。」

我從茶几的抽屜中拿出掏耳棒交給爸爸。聽著大提琴的音樂，覺得耳朵深處癢癢的，想請爸爸為我清耳垢。

我從懂事之前，就一直由爸爸為我清耳垢。任何人讓爸爸清耳垢，都會飄飄然地陶醉不已。以前讀小學時，爸爸的清耳垢技術受到好評，即使和我不是很要好的同學，也會為了讓爸爸清耳垢來我家玩。

爸爸清耳垢時小心翼翼，但又毫不猶豫，富有節奏感，清理完之後，任何人都會覺得自己有了全新的耳朵。媽媽平時都對爸爸有話直說，但在清耳垢這件事上，完全信賴爸爸，我以前就很喜歡看爸爸為媽媽清耳垢。

「過來吧！」

爸爸拿著掏耳棒，把抱枕放在自己腿上，調節到適合我頭部的高度，我的頭躺在抱枕上。

「高度剛好嗎？」

爸爸問，我默默用力點頭。

我閉上眼睛，聆聽著大提琴的音樂。無論聽幾次，我都無法相信，那是一個人用一把大提琴演奏出來，因為聽起來有好幾個琴聲重疊在一起。

爸爸在為我清耳垢時，小聲對我說話。爸爸年輕時，曾經想當音樂家。

「爸爸想成為職業大提琴家，費了很大的工夫考進了音樂大學。爸爸有一個雙胞胎的姊姊叫珠美，珠美很支持爸爸成為音樂家，她在高中畢業後馬上去工作，連爸爸讀音樂大學的學費都是她出的。她不到二十歲就結了婚，二十出頭就生了孩子，那個孩子就是小雨。但是，最後他們被捲入意外，只留下小雨一個人。當時在小雨周圍，只有爸爸能夠收養她，把她養育長大。

那時爸爸還無法放棄成為音樂家的夢想，還在掙扎，但發生了這件事後，我立刻放棄成為職業大提琴家的念頭。因為我發現進一家像樣的公司領薪水，讓小雨每天吃飽，把她養育長大更重要，這是回報珠美和姊夫的唯一方法。因為我突然開始養育小孩，當然遇到了很多困難，但小雨帶給我更多生命的意義，或者說生命的喜悅。對爸爸來說，小雨比大提琴更重要。」

爸爸好像在自言自語，但我很想睡覺，只要稍不留神，就會馬上陷入昏睡。中途翻了身，讓爸爸為我清另一隻耳朵的耳垢。

爸爸果然是清耳垢的天才。在他清理完耳朵時，我已經睡著了。

「姊姊。」

「小梢。」

我們在一個很大的庭院內，天空一片晴朗，我們兩個人都是小孩子，穿著相同的白色洋裝，光著腳，走在草原上很舒服。

我們拿著水管潑水嬉戲，牽著手在草原上奔跑，一直跑，一直跑，好像要跑去地平線般不停地奔跑。中途出現了一隻白色的狗，一定就是那天在安寧療護院見到的六花。

「聽了喜歡的音樂，也見到了早苗阿姨，又讓爸爸清了耳垢，我已經沒有任何遺憾了。小梢，全都是託妳的福，謝謝妳發現了我。妳不用擔心，我隨時都在這裡。」

姊姊邊跑邊用充滿活力的聲音對著我說。我們再度牽著手奔跑，一直跑，一直跑，好像也跑去地平線般不停地奔跑。

所有的感覺太真切，當我睜開眼睛時，一時不知道發生了什麼事。

我在沙發上坐了起來，客廳的燈都關了，我身上蓋著毛毯。剛才爸爸在為我清耳垢，然後我就睡著了。家裡一片寂靜，只有冰箱發出輕微的嗡嗡聲。

對了，這種時候，爸爸和媽媽不會把我叫醒，說什麼不刷牙就會蛀牙，趕快去洗澡，或是睡在這裡會感冒之類的話。一旦蛀牙，是我會牙齒痛；如果感冒向學校請假，是我跟不上學習的進度；不洗澡也是我感到不舒服，自己的行為當然要自己負責。

我站起來，拉開窗簾。眼前是媽媽平時細心整理的小庭院，和剛才看到的庭院完全不一樣。雨已經停了，星星在天空中閃耀。

我記得，我記得所有的內容。

平時即使做夢，在醒來的瞬間就會忘得精光，但剛才和雫姊姊一起戲水玩樂，在草原上奔跑的畫面都像印記般留在內心。水花濺在身上舒服的感覺、姊姊的笑聲、閃亮的彩虹，和彼此的手握得很緊的感覺，都深深烙在我的身體上。

我決定明天再洗澡，於是去刷了牙，換了睡衣，然後沒有去睡自己的床，而是走向爸爸、媽媽的臥室。我輕輕打開他們的房門，看到爸爸和媽媽睡在大床上，我擠進他們之間的縫隙。

原本以為不會再和爸爸、媽媽一起睡覺了，但是，我知道自己現在不是一個人……

姊姊隨時都陪伴在我身旁。

我希望姊姊也感受一下爸爸、媽媽的溫暖，我相信姊姊也很渴望。

我感受著爸爸、媽媽熟悉的味道，很快就睡著了，這次姊姊沒有再出現。

媽媽把我叫了起來。

聽到媽媽的聲音，我立刻想起姊姊叫媽媽早苗阿姨這件事。

雖然我還想睡，但不能一直賴床，我怔怔地想起了昨天晚上的事。

「小梢，妳過來一下，快來、快過來。」

媽媽大聲嚷嚷著。媽媽很少會叫我起床，在我們家，即使睡過頭也要自己負責，所以平時都讓我睡到自己起床為止。

「怎麼了？」

我在睡衣外披了一件開襟衫走出玄關，太陽很刺眼。

「是妳把球根種在這裡嗎？」

媽媽蹲在庭院的角落問我。

「球根？我什麼都沒做啊！」

我很怕蚯蚓，所以從來不踏進庭院。

「因為上次我把這裡的花全都剪下來做成花束，讓妳帶去給小雫了，所以應該不可能再發芽。」

媽媽的情緒有點激動。

「是不是妳調皮搗蛋，悄悄把球根種在這裡？」

「我就說了，我沒有啊！會不會這個球根比較晚發芽？」

我反問，搞不懂媽媽為什麼這麼激動。

「不，絕對不可能，因為我在種球根之前都數過，而且我根本沒有種在這個位置。」

聽了媽媽的回答後，我想到了一種可能性……不，絕對就是這樣。

「會不會是雫姊姊送給早苗阿姨的禮物？」

我想了一下後說道。

雖然我擔心媽媽覺得我說話沒大沒小，但媽媽似乎瞭解了我的意思。

「媽媽以前就很愛鬱金香，妳說的對，應該是小雫感受到我的心意了。」

媽媽看著庭院的方向，說了聲：「謝謝。」

原來雫姊姊說，她會在這裡是這個意思。

之後，我也收到了小小的禮物。

我收到了獅子家園寄給我的信。裡面是雫姊姊為最後的點心所寫的文章，和當時做的法式千層蛋糕的食譜。

那是雫姊姊在人生的最後時光想吃的法式千層蛋糕。

雖然那天她已經沒辦法吃了，但我和爸爸都吃到了。

一定就是這麼一回事。

雖然我不知道該怎麼用言語表達。

雫姊姊隨時陪伴左右，和我們一起歡笑、打鬧。

我認為這才是最重要的事。

第二天

雫小姐。

不知道妳現在看到了怎樣的風景？

妳已經擺脫了身體的束縛，一定自由自在，歡呼著在許多地方遨遊吧。

我的使命就是陪伴客人走完人生的最後一程，為客人送行。

至今為止，我曾經為很多人送行，但無論曾經為多少人送行，都沒有一次覺得完美。每次都會留下後悔，覺得當時應該那麼做，或是應該這麼做。

對妳也同樣如此，尤其很懊惱沒有再為妳做一次妳很想吃的蘇。雖然明知道懊惱也無濟於事，但還是忍不住。雖然妳從來沒有說過，妳還想吃。妳每次都很期待點心時間，這件事帶給我莫大的安慰。點心或許並非身體必要的東西，但點心的確可以豐富自己的人生。

點心是心靈的養分，也是對人生的獎賞。

我們所有工作人員在為妳送行後，感受到詳和的氣氛，這一切都必須感謝妳。妳在臨終時說：「**謝謝款待！**」這是多麼深情，多麼優美的話，完全符合妳的風格。

我相信妳的人生必定有滋有味，妳為自己的人生做了一個完美的總結後安詳而去。

我深深覺得，人生真的就像是一根蠟燭。

蠟燭無法點亮自己，也無法自己將火熄滅。一旦點燃，就無法違抗自然的發展，只能等待燃燒殆盡，火才能熄滅。雖然有時候也會像妳的親生父母一樣，生命之火因為某種巨大力量的作用而熄滅。

人生在世，就是成為別人的光。

我們藉由消耗自己的生命，成為照亮別人的光，用這種方式照亮彼此。妳和養育妳長大的父親應該也是用這種方式，走過至今為止的人生路。

獅子家園在入口點了一整晚的蠟燭，前天晚上難得風很大，但蠟燭並沒有熄滅，一直燃燒到最後。最後就像靜靜停止呼吸般熄滅，煙被吸入空中。

我暗自認為，消失在空中的那一縷輕煙，就像是人類的靈魂。妳認為呢？

趁我忘記之前，轉達大師要我轉告妳的話——

聽說妳去世的那天晚上，去了大師的床邊，他很感謝妳，想要對妳說謝謝。大師很膽小，非常怕死，但已經死去的妳出現在他床頭，狠狠地教訓了他一頓。不過，他在和妳說話後，心情漸漸放輕鬆了，也淡化了對死亡的恐懼。雖然他還是嘴硬，說叫妳趕快成佛。

請妳放心，六花很好，這幾天都開心地吃著特大的豬骨，我覺得六花也以自己的方式接受了妳的離開。

一路順風！我都用這句話送給離開人世的人。

雫小姐，也祝妳一路順風！

妳的靈魂將邁入新的階段，我相信如此。

對了，那個的感覺到底怎麼樣？

第三天

「六花，出門囉！」

我在門口叫了一聲，六花沿著走廊衝了過來。

雖然我也邀了瑪丹娜同行，但那個時間剛好有新的客人抵達碼頭，瑪丹娜要去迎接，她真的是三百六十五天全年無休。

新的客人應該會住在雫小姐以前住的房間。

有很多人都希望可以在獅子家園走完人生的最後一段路，可惜我媽死得太早了。

插畫家阿伸是我為數不多的好朋友，他畫的那幅雫小姐和六花的畫，目前由我保存作為留念，我把那幅畫掛在公寓的玄關。

雫小姐去世了。

我當然不可能高興，但也沒有悲傷欲絕。如果要用言語形容我內心的感覺，就是為無法再見到她的本尊感到遺憾。

在她去世之前，我反而更悲傷，或者說是痛苦。和那時候相比，現在的心情反而比較輕鬆。

六花坐在後車座，所以我比平時更加小心開車。

二月的檸檬島已經走出了冬季，春天的陽光溫柔地為地面加溫，綠色的能量正在這片土地上蓄勢待發，隨時等待著噴發。

距離雫小姐帶她的爸爸和妹妹最後一次來葡萄園已經多久了？

她當時的身體很虛弱，雖然如此，但強烈的眼神令人不寒而慄。我立刻聯想到在寒冷的天空中紮根大地的葡萄樹苗，在她身上也感受到對葡萄樹苗所產生的敬畏。

雖然葡萄樹苗沒有葉子，沒有花，也沒有果實，只剩下樹枝，但那些樹枝聚集了能量。那天的她，就像用濾鏡過濾掉人生多餘的東西之後，充滿了令人害怕的生命力。

那時候我正在種別人捐贈的葡萄樹苗，她爸爸聽了我的說明後，當場認購了葡萄樹苗，雫小姐和她的妹妹也分別種了一棵樹苗。

我至今仍然搞不懂，她當時哪來的力氣。她的身體看起來虛弱得只能坐輪椅，卻在兩名工作人員的攙扶下站了起來，然後靠自己的雙腳站在地上，走在葡萄園內。

俗話說，身處於危險緊急狀態時，人可以展現出乎意料的驚人力量。人在臨死之前，應該也具有這種力量。也許當一個人發自內心希望用自己的雙腳走路時，就可以激發隱藏在體內的這種力量。

她當時就像嬰兒出生後，第一次用自己的雙腳走路一樣，那一幕太令人感動了。她自己也大吃一驚，深受感動，但她爸爸比她更加激動。

小雨、小雨、小雨、小雨。

他不顧眾人的眼光，大聲叫著她的名字，然後當她走到她爸爸面前時，他緊緊擁抱她。

雫小姐就像小孩子一樣向爸爸撒嬌，一直和她爸爸牽著手，然後一起種了葡萄樹苗。她爸爸在樹苗的牌子上寫了「**小雨**」的名字，綁在樹苗上。

「要成為美味的葡萄酒。」

雫小姐充滿憐愛地撫摸著樹苗，小聲地說。

雖然她已經無法發出聲音，但我聽得很清楚。

她並沒有說「**希望你變成美味的葡萄酒**」，而是說「**要成為美味的葡萄酒**」，也許包含了雫小姐希望自己也成為美味的葡萄酒的意思。

「田陽地，那就拜託你了。」

如此說完，她便閉上了眼睛。

這簡直就是奇蹟。雫小姐能夠在那時自行走路，可以種葡萄樹苗，只能說是奇蹟。

原來奇蹟並不是在死後才發生，而是活著的時候創造了奇蹟。

「我會努力讓它們成為美味的葡萄酒，到時我會寄到府上，敬請期待。」

我和雫小姐的家人如此約定。

「所以我必須負起責任，不能半途而廢。」

我看著後視鏡，對坐在後車座的六花說。

我不能讓雫小姐用生命種的葡萄樹枯萎。

我確認了時間，發現差不多是我們約定的時間了。

我和她約定，在她去世後的第三天傍晚，我會來到這片沙灘，和六花一起向她揮手。

約定的時間快到了。

「那我們就開始吧！」

我說道。

六花來到我身旁坐了下來，好像完全瞭解這件事。牠和我一樣，一直注視著天空，我拼命揮著手，六花也搖著尾巴。

「保重！」

「如果見到我媽，代我向她問好。」

「謝謝！」

我放聲大叫。

這時，風突然吹起了我的圍巾，圍巾好像在跳舞。既像在跳舞，又好像在和我嬉戲，但剛才完全沒有一絲風。

六花用凜然的聲音「汪」了一聲。

我不經意地抬頭看向天空，發現美麗的光點像流星一樣被吸入太陽。我看著這一幕，一直揮著手，直到夜幕籠罩整個世界。

當我再度圍好圍巾時，在圍巾上聞到了雫小姐的味道。

（全書完）

獅子的點心

作　　者　小川糸 Ito Ogawa
譯　　者　王蘊潔
發 行 人　林隆奮 Frank Lin
社　　長　蘇國林 Green Su

出版團隊
總 編 輯　葉怡慧 Carol Yeh
日文主編　許世璇 Kylie Hsu
企劃編輯　許世璇 Kylie Hsu
責任行銷　朱韻淑 Vina Ju
裝幀設計　許晉維 Jin We Hsu
內文排版　張語辰 Chang Chen

行銷統籌
業務處長　吳宗庭 Tim Wu
業務主任　蘇倍生 Benson Su
業務專員　鍾依娟 Irina Chung
業務秘書　陳曉琪 Angel Chen
　　　　　莊皓雯 Gia Chuang

發行公司　精誠資訊股份有限公司
　　　　　悅知文化
　　　　　105台北市松山區復興北路99號12樓
訂購專線　(02) 2719-8811
訂購傳真　(02) 2719-7980
專屬網址　http : //www.delightpress.com.tw
悅知客服　cs@delightpress.com.tw
ISBN : 978-986-510-162-6
建議售價　新台幣360元
首版一刷　2021年07月
　十九刷　2024年03月

國家圖書館出版品預行編目資料

獅子的點心／小川糸著；王蘊潔譯. --
初版. --臺北市：精誠資訊,2021.07
面；　公分
ISBN 978-986-510-162-6（平裝）

861.57　　　　110010656

※書封插畫設計：くのまり（Mari Kuno）

本書若有缺頁、破損或裝訂錯誤，
請寄回更換
Printed in Taiwan